EHER WANDER ICH AUF EINEN NEUEN PLANETEN
AUS ! SOLL MORGEN BESSERES WETTE

Schnell sich mitteilende Passanten..
ich soll mich deren gesunden Aspekt nähern,
ich soll allen anderen Skepsis beweisen,
ich soll mir von denen ein Beispiel nehmen,
ich soll mir vom Studierten das Lebensmotto nennen,
ich soll ihnen gefälligst aus dem Licht gehen,
ich soll niemand auf den Geist gehen,
ich soll meine Ahnen befragen, was die mir sagen,
ich soll kein zweites mal mehr auf sie zu gehen,
ich soll jeden mal bis zum Mond und zurück vögeln,
ich soll der fachlich ausgelernten Pädagogin Respekt zollen,
ich soll immer mein Lächeln zeigen,
ich soll nie zweifeln, so nicht mal an mir selbst,
ich soll ihr Bedauern als Schuldgefühl übersetzen,
ich soll ihre Absage als leider
zeitlich nicht einzurichten interpretieren,
ich soll ihnen unbedingtes persönliches Interesse spielen,
ich soll mit ihnen mitten im Regen stehen,
ich soll der Beamten zu Willen, den Dummen mimen,
ich soll der Liebe halber angekrochen kommen,
ich soll die Unschuld vom Lande spielen,
ich soll deren perversen Wünsche ausblenden,
ich soll erst missbraucht, in Freundschaft dienen,
ich soll die kleinen Hasser immer grüßen,
ich soll der Dummheit kleine Nachrichten schicken,
ich soll begeistert ihre Nachkommen als Genies betiteln.

« DIE SIEBEN WUNDER ! »

Heike Thieme - Ylva -

Impressum

Der vorliegende Text wurde mit größter Sorgfalt bearbeitet. Die Publikation ist urheberrechtlich geschützt. Alle Rechte liegen beim Autor. Kein Teil des Buches darf ohne schriftliche Genehmigung des Herausgebers in irgendeiner Form durch Fotokopie, Film oder andere Verfahren reproduziert werden. Auch die Rechte der Wiedergabe durch Vortrag, Funk und Fernsehen sind vorbehalten.
Bibliografische Information der Deutschen Nationalbibliothek : Die Deutsche Nationalbibliothek verzeichnetdiese Publikation in der Deutschen Nationalbibliografie; © 2024 Heike Thieme
Verlag: BoD • Books on Demand GmbH, In de Tarpen 42, 22848 Norderstedt
Druck: Libri Plureos GmbH, Friedensallee 273, 22763 Hamburg
ISBN: 978-3-7597-9628-8

Wenn ein Siebenling mit sieben Schwestern dahin gehend einsieht, dass alle anderen der Sieben, wie man selbst ihren eigenen Gedanken erliegen, und nie dieselben blieben, einen eigenen Weg gehen, und darin wieder andere Menschen lieben, wissen wir, dass es keine Eine Wahrheit gibt ! Ich möchte nicht meinen sieben Doppelgängerinnen am gleichen Ort, zur gleichen Zeit begegnen ! Frauen haben mich auch zwanzig Jahre lang im Stich gelassen.

Ich half mir selbst, bin mit mir selbst im Reinen.

Inhaltsangabe

Vorwort	S.	7 - 15
Weise Einsicht – Arbeit zuliebe !	S.	16 - 21
Flucht nach vorne	S.	22 - 37
Am Abend heißt es Überleben !	S.	38 - 48
Freunde und Fremde	S.	49 - 55
Gordon – Talent im Norden	S.	56 - 66
Der Aufbruch	S.	67 - 78
Lachen - Tränen	S.	79 - 89
Helfer's Hände !	S.	90 - 98
Quitte vom Busch !	S.	99 - 106
Legenden	S.	107 - 119
Die Wichtigkeit der Welt	S.	120 - 132
Nachwort	S.	133 - 152

Vorwort

Weise Einsicht – Arbeit zuliebe !
Frauen auf der Arbeitssuche bieten Haus höhere Kompetenz.

Flucht nach vorne !
Frauen lesen nicht Herzen, sie verlangen Ergebnisse.

Am Abend heißt es Überleben !
Frauen legen dann Pausen ein, wenn sie angehört werden.

Freunde und Fremde !
Frauen gehen nicht außer Puste, sie verbitten sich das.

Überlebens – Talent im Norden !
Frauen erklärt sich und ihren Kindern der Zahn der Zeit.

Der Aufbruch
Frauen beschönigen wenig, weil sie Erfahrungen machen.

Lachen – Tränen
Frauen Pragmatismus, Depression überlassen sie anderen !

Wenn ich heute jemand hätte,
den ich so sehr lieben würde,
dann würde ich ihm raten,
mich nicht zurück zu lieben,
weil manchmal fühl ich mich
durch mein Erlebtes derart
wie durch den Fleischwolf gedreht.

Hieß ich EVA würd ich ADAM sagen :

Bevor mich ein Deutscher nach diesem Recht heiraten wolle, würde ich ihm erst die Vier Waffen aus den Händen nehmen, mit denen er die Frauen seines Landes bekriegte ! Es ist das Messer, das er seiner neu geheirateten Frau gleich nach der Hochzeitsnacht von hinten in den Rücken rammt, damit sie wüsste, wer hier das Sagen hätte, und ab der Nacht sei der Traum vom Prinzen aus.

Es ist die Peitsche, die er fortan seiner Frau beibringt, ihr durch Gewalt den Sex, die Leidenschaft, ihr den Bezug zu ihrem Körper auszutreiben. Es sind die Handschellen, die er anbringt, ihr zu sagen, nun solle sie schön den Haussklaven spielen, die Kinder erziehen, putzen, füttern und pflegen, und im Sexuellen ihrem Mann gefügig sein, ihm dienen, weil er es damit noch begründet, sie habe es ja aus Liebe getan, ihn zu heiraten, drum soll sie auch die Konsequenzen draus ziehen. Es ist nachher viertens sein Schwert, dass er gegen seine Frau zückt, ihr entweder den Verstand zu zerteilen, oder sie mit dieser Waffe nach Trennung einfach in die Besitzlosigkeit zu schicken, damit sie auf der Straße steht und das mit leeren Händen ! Manche Frau erkaltet dabei in ihrem Herzen, und sieht billigend dabei noch zu, wie der Mann sich missbräuchlich an den Schutzbefohlenen vergeht.

Ich habe dieses Zeichen gesehen ! Das besagt, dass die Frau den Mann für ihre Träume und deren Erfüllung gar nicht braucht, auch nicht, wenn sie erst morgens allein aus tiefem Schlaf erwacht, in den Tag blickt, an dem sie sich nützlich macht ! Das Mittelalter, Leute, ist nicht so fern wie man denkt !

Wenn mir die liebe ans Herz gewachsene Nachbarin bestätigt, wie ihre eigene Mutter damals als junge Frau von zuhause aus in die Welt gehen musste, sich ihre Existenz erarbeitete, zu überleben, es ihr einziger Weg war, bei Reichen, feinen Leuten, den Haushalt zu machen und das Essen zu zubereiten, und der brauchbare Handwerker aus Rumänien wie heute die eigentliche Arbeit macht. Wobei sie sagte, ein Kutscher selbst wurde von der Besitzerin angehalten, zukünftig „Gnädige Frau" von ihm genannt zu werden, und er erwiderte „Nein, Madame, Gott mag ein noch so gütiger sein, aber das hat niemand nötig!" selbst solche bis heute noch sich das Recht raus nehmen wollen, sich selbst an die Stelle von Gott zu setzen, sich so bezeichnen zu lassen, das ist so unfassbar dumm, und auch unmöglich!

Ich liebe dich, Freund, du bist so weit weg, und bliebst es auch, aber ich liebe dich! Tut mir leid, mit Liebe ich nie auf deine Antwort geantwortet habe, das war eher ein empathisches oder emotionales Gewitter zwischen uns, von mir aus, um dir zu zeigen, dass ich dich wohl möglich für einen mutigen, auch gutaussehenden, in seiner natürlichen Art hübschen Mann halte, und erkannte, mein kleiner Schmetterling war weit weg. Ich greife nach dem, was ich liebe, sag ich mir, aber ich bin zurück auf der Erde. Diese Ferne und menschliche Distanz und das Fehlen des Ziels, provoziert nicht meine Art, Männer zu belästigen. Wir sind beide weise genug. Das würde die Welt nicht besser machen, aber eine kleine Party mit dir wäre schön. Ich sehe, du hast meinen Ball gefangen, deine Würdigkeit ist mein Glück, wie gute Kollegen es sagen würden:

Change Management,
Cross Development,
im Horizont des Ziels bleiben,
Jour Fixe,
Zielhorizonte definieren,
Mindmapping und genug Spaß.

Verzeihe nie wieder einer Person, die dich verletzt hat. Für sie ist es Ehre genug zu wissen, dass wir sie verlassen haben, ohne sie zu verraten oder Hochverrat zu begehen, wie sie es taten..!

Eine Person ist nicht verpflichtet, Ihnen den Stress zu zeigen, den sie durchmacht, damit Sie sie in Ruhe lassen. DIE MENSCHEN KÖNNEN meines Erachtens echt jetzt EGAL welcher sexuellen Neigung sie jeweils nachempfinden, um mit ihrem eigenen Körper, die Lust zu verspüren, die ihnen angeboren ist, ich persönlich hatte bisher nur KEIN INTERESSE an einer Beziehung, einfach weil ich im Elternhaus Schläge und Gewalt erfahren habe, da kann einem die Lust dran vergehen.

Wer scheint sich zu helfen, die Alkoholsucht gegen ein
positives Denken Gerede zu tauschen ?
Wer reift erst als Denker, mit einem Alkoholproblem, wenn er feststellt, dass er eigentlich ein Alkoholiker ist mit einem Denkproblem ?
Dieses "IMMER IM FLUSS SEIN" ist Quatsch.
Der Schaden, der angerichtet, irreparabel.

Wie oft schon sind die Frauen hier vor Ort über deren eignen Füße gestolpert, weil seit 35 Jahren nicht zu grüßen bereit ?
Unbekannte erkannten mich nach 20 Jahren von dem Tag, an dem sie mich 1x trafen. Unbekannte erkannte ich namentlich nach 20 Jahren wiedersehend, auch mit weißen Haaren. Es braucht für Unbekannte bis übermorgen kein unbedingtes Wiedersehen, damit ich was zu lachen hätte, und dennoch um deren hübschen Ziergärten eine Bogen zu machen hätte. Mir fällt beim Handarbeiten gerade auf, welches Highlight drei mal zugleich ausschlaggebend laut Familie war, mich rigoros und 3x grundlos auf die Straße zu setzen, beim ersten Rausschmiss bereits geäußert, „Du wirst kennen lernen, wie du durch die Gosse ziehst, was man dir da beibringt, bis du eines Tages zu mir zurück gekrochen kommen wirst und keinen Weg in die Familie finden. Und hättest du gute Anwälte, denen du davon erzählst, dass ich dich missbraucht habe, dann war es das mit uns !" Wird mir heutzutage erst klar, ich hatte jeden dieser 3 Momente einen jungen Mann

als Freund vorgestellt, den ich dabei war zu der Zeit kennen zu lernen. Es sollte keinen Freund in ihrem Beisein für mich geben, weil damit die Ablösung von statten ginge, und ich über die Familie singe. So schickte man mich jedes mal in die Obdachlosigkeit, wo ich für 3 Rausschmisse auch 3 Vergewaltigungen durchgemacht hatte.

Ich entsinne mich noch, an so eine Handvoll fauler Studenten, die vom Studentenzuschuss in Hütten im Tal lebten und Party machten, von Studium keine Spur. Sie hatten die Vorstufe wissenschaftlichen Denkens und im Gehirnprozess erlernt kalt zu kalkulieren, also Empathie ad Acta zu legen durchlaufen, als sie mir vom Indianerzelt im Tal den Vorschlag machten, ich kann mitfahren auf eine Reise in den Süden. Da setzten sie mich am südlichsten Punkt Europas in Kreta ab. Ich dachte noch mit Leuten, die real privilegiert waren, doch zu geizig, eine einzige Stulle mit mir zu teilen, mit denen lohnte sich eine Reise nicht, und gab ihnen sogar mein einzig je erstandenes Stück Hasch fürs Feiern in die Hand, sogar mein Sparbuch als Erinnerung, dass ich nicht schmarotzte. Ich nahm mein kleines Gepäck, das alles war, was ich besaß, und sagte „Wisst Ihr schlauen Leute, ich hatte schon in der Schule mit einer Freundin beschlossen, eines Tages mach ich eine Reise nach Israel, für einen Blick auf die deutsche Geschichte, genau das werde ich jetzt tun!" von da an hatte ich das Interesse kaum mehr, mir Studenten zu Freunden zu machen und meine Energie für anderes aufgespart.

Später noch erfuhr ich durch meine Oma, dieselben Studenten, die mich hungern ließen, im Schnee im Winter barfuß gehen sahen, und kein Mitleid hatten, die seien, dumm wie sie waren ohne vorbereitet zu sein, einfach in die Sahara gefahren mit vier Autos, ohne Kompass, verfuhren sich im Wüstensand und waren nur noch tot aufgefunden worden. Jahre vergingen. Noch ein bisschen später, erfuhr ich, dass sechs Militärflieger am amerikanischen Nationalfest in Ramstein zusammen in der Flugshow im Unfall vom Himmel auf die staunende Menge herab stießen und mitten im Publikum landeten, ein Riesenunglück, sodass ich mir dachte, so manchen Frauenvergewaltiger mag es hoffentlich getroffen haben.

Anders konnte man solchen Verbrechern bei denen ja nicht beikommen.

So lange Zeit später hier im Norden, in den es mich verschlug, sehe ich die Hippie Tanten aus Schottland umher nur Sex im Kopf, und mit etwa siebtem Kind von sieben Männern, da gerade der Neuste Freier ein Adliger aus gutem Haus, scheint endlich ihr Gnadenbrot zu heißen, wupps ist das siebte Kind geboren. Aus Spaß legen sich hierzulande die Frauen, die es schafften einen Arbeitsvertrag bei der Kirche zu ergattern, eine Frisur zu, die an Dreadlock und Zöpfe erinnern, sind einfache Erzieherinnen im Höchstfall ohne sonderbare Kenntnisse, vergleichsweise mit dem Fachbrief Sozialarbeiter, zu dem es keine Hochschulreife braucht, und befinden sich nebst Kirchentreue ein Privileg Arbeit zu bekommen. Sie bilden sich ein, ihre schönster Traum sei, erst einen Dummen zum Freier machen, sein Haus nehmen, Kinder sitzen lassen, sich einen Camper zulegen, der Stadt für geleistete Mutterarbeit weiß machen, sie seien nun psychisch nicht ganz auf dem Damm, beantragen daraufhin Erwerbsminderungsrente, die sie als ausgediente Ehefrauen glatt für bekommen, obwohl sie gar nicht depressiv sind, aber gewusst wie, verkaufen des Mannes Haus und verreisen dann !

Im Gegensatz dazu, behandelte man mich als Alleinerziehende Mutter so, dass meine fundierte berufliche Kenntnis ihnen nicht ausreichte für einen Arbeitsvertrag, bei egal wie vielen Versuchen, die ich anstellte an Arbeit zu kommen, und am Ende fragte ich bei der Agentur für Arbeit nach, und man erpresste mich statt dessen. „Sie arbeiten fortan für Behinderte unbezahlt, oder wir setzen einfach Sie und ihr Kind auf die Straße !" um den Bogen noch weiter zu überspannen, berief man sich auf einen Fleck aus der Vergangenheit, die etwa 40 Jahre zurück liegende Vergewaltigung und Jugendkrise, und hatte schon den Punkt, von dem ausgehend mir auf dieser Arbeit versucht wurde massiv ein Schuldgefühl zu verpassen, weshalb ich keinen Lohn enthielt, und ich dennoch laut meiner beruflichen Kenntnis die Arbeit akkurat und engagiert leistete, man mich Jahr um Jahr heftiger von Opportunistischer Seite überall mobbte, bis ich zu gehen hatte, weil ich weiter um einen Vertrag bat und um Entlohnung.

Das alles brachte mich nicht aus dem Gleichgewicht sondern ich wand mich schriftstellerisch an die Öffentlichkeit und durch mein Arbeitsverbot machte ich Kunst bis zur Lesung in dieser Stadt. Nur weil ich nicht Opportunisten zu Gefallen, mir bunte Zöpfe zulegte, oder man mich keine Hippie Kuh nannte, die man solange vögelte, dass ihr scheinbar eines Tages der Prinz entgegen lief, der mich in die Wolke Sieben hob. Weil ich dieses einzige Angebot an meine Person dankend abschlug, und Abschaum ablehnte, begannen sie mich dafür zu hassen. Soviel zu den niederen „Privilegien", die man mir hier zukommen ließ. Ich bin doch schon seit langer Zeit aus der Kirche ausgetreten, mit mir viele andere sicher auch, wo mehr denn je das falsche Spiel durchschauen, bis ihnen keiner mehr die Arbeit macht !

Die Konstellation,
dass nur eine einzige Mutter unweit wohnend, aber distanziert,
die gleiche Bildung und Interessen, die gleiche Alleinerziehende Situation,
die gleiche lange Fähigkeit sich allein durchzuschlagen, krätzig Elternhaus,
den Drohnen auf deren Eiland, den gleichen Erfahrungen mit....
Beziehung technischer Psychopathie, dass sich mir gegenüber nur eine einzige Person, sich nicht hat von weitläufiger üblicher ablehnender Ausgrenzung beeindrucken und anstecken lässt, wie an einer Epidemie, in Deutschland üblich, nicht lohnenswert weiter zu erwähnen, nicht besonders hervor zu heben, nicht von größtem Interesse meinerseits.
Ein NILPFERD hinter seiner Tochter her rannte,
der Dobermann, den er ihr hinter her schickte,
die Kelle Mist, auf der er sie platzierte,
"Die Kitzlerin" so er die Tochter nannte,
schlug auf sie ein, bis sie rannte, denn er sie sein Rehkitzlein nannte.
Als sie entkam ward er weiß, wie die Wand, wie die Haut,
wie sein Haar, wie die Scham ihn rot werden ließ,
drum er rannte fortan immer allein im Kreis um seinen Stamm,
auf dem die Tochter wohl weißlich keinen Schutz gesucht hatte.

„Wer glaubt,
dass andere Schuld sind,
an der eigenen Unzufriedenheit,
glaubt auch,
dass Bleistifte
Rechtschreibfehler machen"

- Albert Einstein -

Weise Einsicht – Arbeit zuliebe !

Frau sitzt allein in ihrer Küche, draußen Militärhafen und Förde, drüber die Hubschrauber stets genau über ihr Haus donnern. Ihr Mann ganz klar, hat sie mit dem Kind sitzen lassen. Wie üblich mittags, wenn das Kind schläft, kocht sie Kaffee und betrachtet die Autos der vierspurigen Straße vor ihrer Küche an der Ampel, im Minutenwechsel anfahrend und anhaltend. Hinten zum Garten hin ihre Tochter macht ein Schläfchen. Sie überlegt, wenn sie mit dem Kind hier raus will, muss sie verdammt scharf überlegen, wo sie ihre erste Arbeit beginnt, und sie weiß, dass es überall auf der Welt einen besseren Platz geben wird, als diesen. Der Vater des Kinds war eh ohne ferner liefen, das hatte sie kaum interessiert. Sie sagte ihm dies schon vor der Geburt, das zwischen ihnen nichts lief.
Würde ein Kind besser ohne den Verlierer, ihren Vater aufwachsen, wäre es beizeiten etwas traurig darüber, aber würde durch ihn auch keine Enttäuschung erleben. Und wer vermisst wird, der ist auch etwas wert. Sitzengelassen und noch schwanger besagt, noch ein wenig verliebt, aber vielleicht besser für diesen Herren, auch ohne Kinder auf die Füße zu kommen. Sie sagt sich, ein kluger Gedanke ist, wer rechnet, den überfallen keine unsinnigen Gefühle.

So überblickt sie den garstigen Innenraum ihrer Stadt und ihre Chancen, die sich für sie allein auftun würden. Es sind derer nicht viele. Man spricht von diversen Reparatur Werkstätten, um Autos zu säubern, Fahrräder zu reparieren, Malerei Aushilfen, diverser Lebenscoach, Fitness Trainer, gewisse Kochkünste anbieten, Geschäfte nach Feierabend putzen, Touristen in der Saison porträtieren, oder etwa die gleich schlecht bezahlten Hochleistungsjobs in der Pflege, die einen selbst nach kurzer Zeit in valid machen und selbst dann noch von der Kirche betreut sind, also nur schlechte Arbeitsrechte kennen, und so gut wie keine Emanzipation der Frau oder Anerkennung ihrer Leistung. Würde sie eben noch das Talent zur Busfahrerin haben, wenn sie alles fahren würde, was vier Räder hat, hätte sie sofort jeden guten Job, von Taxifahrerin, Lieferantin, Häusliche ambulante Pflege, bei der Post, oder Auslieferer im Handel. Aber sie hätte diesen Führerschein fürs Taxi erst, wenn sie ihn sich leisten könnte. Ihr wird schnell klar, es ist vielmehr die garstige Stadt, die für das Aufwachsen einer kleinen Tochter ungeeignet scheint, wenn das Kind eine natürliche Umgebung braucht, von wo aus es nicht über die Dächer eines abgetakelten Stadtteils wie diesen hinweg blickte, aber zum Rest der Welt mehr Orientierung finden lernte.

Sie trinkt ihren Kaffee und stellt fest, sie befindet sich zu dieser Zeit in so einer unsinnigen Transfer Phase. Wer konnte schon die wohlbetuchte, gebildete Familiäre Herkunft vorweisen ? Nein, zugegeben die Realität betreffend, machte sie sich aus der Herde von Stümpern auf den Weg, einmal einen besseren Weg zu gehen, und brauchte nicht bis zum Sankt Nimmerleinstag abwarten, bis vielleicht ein guter Rat von denen sie erreichte, wie es im Leben zu geht. Wenn sie nur beobachten konnte, wie es bestenfalls nicht zugeht ? Sie sieht sich um bei den Frauen ihrer Verwandtschaft. Die einen stehen mit dem Rücken zur Wand, verheiratet, graues Leben der Dienstbarkeit, dann krank, dann tot, und doch nie den Traum zu Leben erfüllt. Die anderen folgen den Verlockungen der Reben, deren Mann die Traube hatte für Wein, der aber den ganzen Tag nur auf dem Betrieb rackerte, bis es der Frau doch nur langweilig wurde, die Arbeit so an sich nicht kannte, und doch lieber tanzen ging. Dort solche Frauen, die laut technischem Ziel groß Karriere zu machen, nur die Menschen von sich stieß, die nahe kamen, und das Wort Familie aus dem Gewahrsein ausblendete, sich an einer Welt zu rächen, die sie und Mutter einst unter Schande sitzen ließ, sie das Abenteuer eines vorbei eilenden Soldaten war, durch das sie entstanden ist. Die andere leidvolle Geschichte einer Frau, die von massiver Kontrolle als Einzelkind unter aller größter Erwartung ihrer Helikopter Eltern zu Leistung getrimmt wurde, da sie für den Namen der Familie nie ausreichen und genügen würde, wenn sie nicht die Kenntnis des Geldes erlangte und nur den Zahlen nachstrebte, denn sonst würde sie unter deren Autorität nie Boden unter den Füßen spüren dürfen. Die andere Frau auch, eigentlich im Reagenzglas entstanden, in eine Ehe, die auseinander brach, Mutter cholerisch, Vater selbstständig unterwegs unter alle anderen

Weiberröcke, Tochter also zum Alleinsein verdammt, und automatisch mit Millionen hoch gepuscht, zum Erfolgsmenschen gemacht, die es nur mit Gewinnern hatte, die Hawaii Hemd und Goldkette tragen.
Weiter auch Frauen, die ihr Erbe ausblenden, weil sie ihr ganzes Land nicht anerkennen. Und noch die von der Sorte, in Schwiegermutter' s Haus eingezogen, gleich nach Schulabschluss verheiratet, Spirituosen verkauft, schlechtes Geschäft gemacht, bescheidenes Auskommen und gefallen im Traum vom ganz großen Geschäft, und aus großer finanzieller Sorge, dennoch nicht das geistige Vermögen, einem Erfolgversprechenden Businessprogramm oder Studium nachzugehen.

Die Mutti sitzt gelassen da und sinniert, wie ihr der Geruch in die Nase steigt von ihrer Jugend, als sie in einem Freibad vom Steg ins Wasser sprang, da dort die Planken frisch gestrichen waren, dieser Geruch geht ihr nicht aus dem Sinn. Es scheint sie ein bisschen an den Kaffeegeruch zu erinnern, der aus ihrer Tasse vor ihr aufsteigt. Die alte Zeit mag sich nicht mehr wiederholen, aber sie versucht das Beste draus zu machen.
Bevor sie den Kinderwunsch hatte, turnte sie in allerlei Sportvereinen, beruflichen Lehrgängen und Jobs einher, bevor ihr aber der Wunsch wie ein Kind sein zu wollen, derart stark sich in ihr breit machte, und zum ersten Mal die Natur sich in ihr durchsetzte, ein Kind haben zu wollen.
Das eine ist der Wunsch, das andere, was du im Leben umsetzt, ob es die Erfüllung deines Traums ist oder dir etwas noch viel besseres anderes widerfährt, bliebe bei jedem abzuwarten. Sie gießt sich Milch in die Tasse. Nein, also fällt auf, mach dir nie einen Wunsch zum Traum, den du erwartest dir zu erfüllen. Meist findet das nicht statt, aber es erwartet dich etwas viel besseres, mit dem du niemals gerechnet hast. Sie sieht in die Nachrichten. Nur ungern zugebend, dass diese Geschichte für Aufsteiger, Alleinerziehende, Menschen mit Lebenserfahrung aber ohne wohlhabende Eltern gepuscht eigentlich keinen Platz in der Gesellschaft vorsieht.
Die Story erzählt ihnen theoretisch, sie machen etwas für kleine Leute.

„Wir suchen einen neuen Drehbuch Autor !"
„Wir machen mit weniger Geld bessere Politik !"
„Wenn wir wüssten, dass morgen die Welt untergeht,
werd ich heute noch ein Bäumchen fällen."
„Wir retten in der Fantasie wie im Film die es wollen,
wie Netflix vom Feeling, will das alles sagen, "Passt gut auf Euch auf !"

Nicht jeder gerät einsam und als Waisenkind in gute Hände heutzutage. Die Empathie und Haltung der Menschen von heute, reicht nicht mehr dazu her, sich für einen anderen noch sehr kleinen Menschen mit Sorgfalt der Pflicht getreu einzusetzen, ohne darin etwas zu versäumen. Heute will man Geld dafür sehen, und nimmt es mit der Aufsichtspflicht zum Schutz des Kindes anderer Leute nicht mehr so ernst, Hauptsache die Kasse stimmt. Es war früher ganz gegeben, die Zeit, in der niemand einfach satt wurde, dass es mehr Leute in ländlichem Gebiet gab, die auf sich zurück fallende hilflose Kinder bei sich aufnahmen, und sie als eigene Kinder bei sich aufzogen. Schaut man in die Stadt teils wie heute, fällt auf, der Bürger der Stadt ist nur ein Egoist, ein Hochstapler vielmehr, der sich als die Besonderheit ausgibt, die er gar nicht ist. Daher ist es nicht verwunderlich, dass Leute sehr allein dort leben, und es interessiert sich keiner für sie. Es sind da lediglich im Einzelfall die akkuraten allein erziehenden Mütter mit Charakter angesehen, welche sich zeitlebens nicht binden, schon aus der Vorsicht raus, eher gar keine Bindung einzugehen, weil man sich diese Investition lieber spart. Diese Frau setzt dem Kind nicht einen einzigen Pseudovater vor, sondern erzieht lieber allein, dass aus dem Kind eine Persönlichkeit wird, die entscheidet, ihren Weg einmal geht, und diesen Vorzüge zu schätzen weiß, dass die Mutter nicht blind herum vögelte, und so das Kind nicht der Enttäuschung aussetzte, wenn die falschen Vögel bei ihr zuhause ein und aus gingen. Gut kann es beim Kind ohne Vater aufzuwachsen stellenweise ein wenig Traurigkeit hervor rufen, aber damit lernt jeder im Leben klarzukommen. Wo es meistens in den Städten nur darauf hinaus läuft, sei es jede welcher Grund, und die Partner einem abhanden gehen können.

Weshalb dann zuerst viel Herz hinein stecken, wenn der Abschied viel zu schwer fällt, und plötzlich wieder auf sich zurück zu fallen ? Drum die Einsamkeit von Verlassenen viel schwerer auf dir lastet, als prinzipiell ganz alleine zu leben und sich gut darin einzuleben, weil eigentlich seinen Weg gut zu machen, ohne dass einem das Alleinsein gleich tödlich vorkommen wird. Man sieht die Oberflächlichkeit einer nahen Nachbarschaft darin, dass dich Leute nicht besuchen kommen, sei es vielleicht doch in zehn Jahren zweimal der Fall, dann ist erstens ein Besucher zu empfindsam oder labil, die Freundschaft aufrecht zu halten. Das ist in Ordnung und akzeptabel. Und der zweite Besucher, ließe sich genüsslich bei dir nieder, sich vier Stunden auszusprechen über das gesamte Leben, und leidvollen Momente stundenlang, wird noch im Gehen auch eingeladen die Tage gern wieder die Woche drauf eigens für ihn zum Geburtstagsessen geladen zu sein, und ließ dich glatt am besagten Tag mit der fertigen Mahlzeit umsonst auf dessen Besuch warten, ohne Anruf, ohne Absage. Nur schlagfertigen Frauen fällt dazu noch ein, beim baldigen Wiedersehen zu erwidern, „Weißt du, ich hab grad von dir geträumt, und der Traum sagte mir, es war auf einen Versuch angekommen, das war es aber auch, ab dafür!" dann wiegt der abfällige Ton in der Stimme Wunder. Es wird sogar dazu ausreichen, würde der betreffende miese Charakter in der Stadt eine neue Fickmaschine vorführen, dass mein Ton in deren Richtung warnend und lauter verläuft, wie es einfach Leuten gebührt, die meinen, nur weil sie sich im Leben um den Verstand gesoffen haben, sich der Frau gegenüber nicht alles zu erlauben !

Diese Einsicht ist ihr nichts neues, stellt sie fest. Aber was ihr aufgeht ist... sie kann nicht klagen, denn ihre alten Leute in direkter Nachbarschaft sind ihr weit lieber, als solche umher eilenden wahllosen Ficker, die das Zählen schon lange aufgegeben haben, denen zur einen bald die neue Sucht bevorsteht. Ihr ist längst aufgegangen, dass es ihr nicht darauf ankommen muss, was sie gerade trinkt, entweder den kalt gewordenen Kaffee, oder den frischen Tee, und in welcher Reihenfolge, so sind ihr die Menschen immer besser auf Abstand geblieben. Damit fährt es sich am besten. Es würden ihr sowieso, wie sie es erkennt, nur welche die Wahrheit gesagt haben, es sei denn welche bereits planten von ihr Abschied zu nehmen.

Die Flüchtigen der Bekanntschaften, die ihr Ziel weiter weg verfolgen und sich ihr ganzes Leben auf genau den Augenblick vorbereitet haben, davon zu gehen.

„Ja, man sollte sich auch als Frau, wenn dann gerade an solche Leute halten, und wenn man es mag, sie zu sich einladen, die sich auf die Erfüllung ihrer Träume vorbereiten können, im Wissen, dass sich deren Wünsche meist nicht erfüllten, aber sie erkannten, damit zufrieden zu sein, was sich statt dessen ereignen wird".

Flucht nach vorne

Marianne geht den Gedanken durch. Sie lässt der spontane Gedanke nicht los, das mit dem Job als Taxifahrerin könnte was werden ! Ihre erste Babypause ist ja vorbei. Und es wäre für sie eine irrsinnig witzige Wende ihres Daseins diese absolute Ruhe, die sie in letzter Zeit genoss gegen die Unterhaltung mit fremden Persönlichkeiten einzutauschen, damit in ihr nicht noch so ein Gefühl von Mutter-Kind-Isolation entstünde. Sie macht sich vorstellig bei einem Taxi-Unternehmen, wo ihr die Fahrer bereits als die sympathischeren aufgefallen waren, weil sie zum Beispiel laut Hörensagen auch mal Leuten deren Hund ohne Mucken mit ins Auto nehmen, wenn sie dringend zum Tierarzt mussten. Das hielt sie für menschlich.

Beim Termin zum Vorstellungsgespräch sitzt sie alsbald am Schreibtisch, als der Besitzer selbst in den Raum kommt, und die Hand schüttelnd stellt er sich vor. Ein kurzer ruhiger musternder Blick, und zufrieden mit seinem Gegenüber sitzt er vor ihr dann warm lächelnd.

Taxibesitzer

Moin, die Dame ! Laut unseres Telefonats sind sie auf der Suche nach Arbeit ? Was bewegt sie ausgerechnet zu uns ?

Marianne

Moin-Moin, Erichsen ihr Name ? So darf ich doch sagen. Ich heiße Marianne Morgenthal, Sie können gern Marianne zu mir sagen. Tja, ich bin also hier, weil mir mit Kleinkind allein sonst die Decke auf den Kopf fällt. Ich bin eine gesellige Frau, die gern das Vergnügen mit anderen Leuten hat, und das auch mit ihrem Beruf zusammen bringen will. Ich hab das Kind in Teilbetreuung und meine nette Nachbarin springt ein, wenn die Krippe zu Ende geht. Also für einen Drei-viertel Job stünde ich zur Verfügung.

Herr Erichsen

Ja, das klingt doch gut. Ihr Eindruck ist Vertrauen erweckend, und unser Laden legt Wert auf das Äußere, und die Art wie freundlich man mit den Kunden verfährt. Mann muss seinem Instinkt trauen, wer ein Taxi betritt, es wird alles abgeliefert ! Sie wirken ganz ausgeglichen auf mich.

Marianne

Die Freundschaft zu Menschen, denen man nur im echten Leben begegnet, sind jedes Risiko wert ! Ich glaube, ich könnte auch als Taxifahrerin arbeiten, wenn Sie es denn einrichten würden, dass ich bei Nacht und am Wochenende bei meiner Tochter zuhause bleiben dürfte.

Herr Erichsen

Gut wir versuchen es mit Ihnen, liebe Frau Morgenthal. Seien Sie willkommen in unserem Team ! Ich mach die Papiere für Sie fertig, und dann kann es gleich in zwei Tagen Anfang der Woche losgehen.

Ein bisschen rot im Gesicht und erfreut geht Marianne nach hause. Sie sagt sich im Ruhigen, wann sich jemand entscheidet, du wie immer selbst, dann werden die Leute schon ganz von alleine ihre Schilderungen übers Leben und das Drumherum machen. Das was sie also bald alles von den Kunden zu hören bekommt, wird sie begeistern. Sie freut sich und es brennt ihr unter den Fingernägeln, dass es endlich wieder los für sie geht unter die Menschen zu kommen ! Es ist ihr wie ein Spiel beim Roulett, während sie ihre Teddies im Blick hat, führt ihr wenigstens das Spiel zum Glück. Man muss seinem Instinkt trauen, wer ein Taxi betritt. Wie ihr Vorgesetzter sagte, es wird alles abgeliefert ! Die Freundschaft zu Menschen, denen man nur im echten Leben begegnet, sind jedes Risiko wert !

Der erste Fahrgast.

Es ist 14:00 h Nachmittag, Marianne befindet sich am Südöstlichen Stadtrand in der Zentrale und nimmt in ihrem schönen weißen Taxi ihren Platz ein. Dann erteilt ihr die Frau von drinnen schon die erste Fahrt ein. Sie muss in den Norden mit dem Mobil, eine Frau mit Hund die Tour zum Tierarzt machen, da der Hund sonst unbeweglich ist und unter starken inneren Schmerzen steht. Sie versteht, dass es eilt zu der Adresse zu kommen, um dem armen Tier beizustehen und fährt los. Die Besitzerin steht schon vor ihrem Haus und winkt. Sie hält an, um den armen großen Hund und ihrer Hilfe vorsichtig in den vorderen Fußraum anzuheben, und sie fahren gleich los.

Marianne

Was ein wirklich schöner Hund. Was hat er denn ?

Gast

Sie brennt innerlich, es besteht die OP der Gebärmutter Entfernung. Das ist alles eine dringende Angelegenheit, aber Gott sei Dank ist mein Hund Krankenversichert. Ich hatte meiner Hündin bereits bei einem anderen Arzt zuvor Infusion und Schmerzmittel verabreicht, damit kann sie es nun ganz gut aushalten.

Marianne

Ich denke, sie haben richtig gehandelt, wenn das wohl auch mehr kostete, wie es schien, erst den einen, dann den anderen Arzt aufzusuchen, aber die Entscheidung ihr Leid zu mildern ist ein guter Zug. Soll sie mal ruhig noch ein paar Jahre nach der OP weiter leben, sie hat es verdient, und sie hatte sicher zuvor schon ein schönes Leben, dass ab dann jeder Tag mit ihr wohl verdient wäre. Viel Erfolg !

Sie setzt die Kundschaft beim Tierarzt ab. Dann geht es schon zur neuen Stelle, an welcher jemand abgeholt sein muss, etwas mehr östlich außerhalb kurz hinter dem Restaurant „Zum Wikinger" und sie kommt schließlich an, wo wieder eine Frau auf ihr Taxi wartet. Sie ist groß, langhaarig, mit skandinavischem Gesicht, also hohen Wangenknochen und Sommersprossen und ihr Haar ist leicht lockig rotblond, eben Wikinger gemäß, was Marianne etwas grinsen lässt. Die Frau steigt ein. Sie fahren los.

Marianne

Moin, die Dame, Sie wollen nach Husby auf der nördlichen Seite ?

Kundin

Genau, wird wohl ein bisschen teurer, aber soll wohl so sein. Ich konnte mir nicht anders helfen, weil ich im Gasthof zu einem Hochzeitsfest eingeladen war, und ich habe etwas mit ihnen getrunken, dass fahren nicht mehr geht.

Marianne

Ohh, gratuliere ! Ist es Verwandtschaft ?

Kundin

Ganz und gar nicht. Schwiegereltern habe ich auch keine, aber das heißt trotzdem dass man mich mag, und im Geselligen gerne seine Zeit mit mir verbringt. Muss sagen mit ein paar solcher Leute kann man auch Glück gehabt haben, was ja nicht so häufig vorkommt im Leben.

Marianne

Ach, gebranntes Kind scheut das Feuer. Das ist überall. Wer weiß, was einen immer dazu bewog, lieber universell zu lieben, und die Taten der Freunde einem wichtiger sind, als auch ihren Humor, das verbindet ja auch.

Kundin

In der Tat. Das trifft es. Muss ja nicht anders drum herum reden. Ich befinde mich zur Zeit in so einer Transfer Phase wie es viele Frauen kennen. Schon mein Job im Büro der Arbeitsvermittlung an Menschen mit Behinderung, scheitert leider nur an der Tatsache, dass die Kollegen dort Scheiße sind. Ich glaube, ich werde den Part bald hinter mir lassen und kündigen. Wertvolle Mitarbeiter sind gleichzeitig ausspioniert, man traut ihnen aber keinen Partner zu. Doch ich bin nie auf der Suche gewesen und werde deswegen nur als imposante, gut aussehende Konkurrenz unter Frauen gesehen, die sich nur mit deren eigenen Partnern zuhause langweilen, die nur deshalb den Job als Quereinsteiger betreten, um etwas Abwechslung in den Alltag zu haben.
Die Klientel der Behinderten Menschen ist denen schlichtweg völlig außer Frage egal.

Marianne

Ich weiß, je mehr man in einen Job hinein sieht, desto eher erfährt man auch, was hinter den Vorhängen passiert und auf den hinteren Reihen getuschelt wird. Der übliche Müll, der sich nirgendwo anders davon abhebt. Ich sag auch, die weiblichen Kollegen sind selber so eine Klientel. Sie vergleichen immer nur ihre Bettbeziehung mit der sorglosen Alleinstehenden am Arbeitsplatz als rotes Tuch, dass sie beneiden müssen. Es kann geknistert haben, nachdem sie enttäuscht ward, er sei für sie gestorben, sagte sie.

Kundin

Solange eine Frau, die ihrem Mann misstraut, im Spiel um die besten Schnitten auf dem Tablett ihre Tierchen im Blick hat, führt ihr wenigstens das Spiel andere ins Unglück zu treiben ersatzweise zum Glück. Mann muss seinem Instinkt trauen, wer einen Job anfängt. Sie checken die Leute ab, und würde sich im Lebenslauf ein dunkles Fleckchen ausmachen, machen sie dir das zum Verhängnis, ein rasantes Spiel von Mobbing bis zum Garaus. Marianne und die Kundin schweigen eine Weile. Weil es stimmt. Die Landschaft schließlich aus dem Ort raus schlängelt sich ruhig durch Landstraße und mal eine Möwe zu sehen, ein Eichhörnchen huscht noch schnell über die Straße, und in der Ferne schwebt ein bemannter bunter Ballon ruhig mit dem Wind mit Ziel nach irgendwo.

Marianne

Ist schon gut so, dass die Menschen so verschieden sind. Und zu der Tatsache sich bei der Arbeit wie ein Arschloch zu verhalten, das ist schließlich auch eine reife Leistung. Das muss man erst mal können ! Der stets außer Atem ist ihm fehlt die Ruhe, der überall der Checker, ihm gönnt sich keine Muse. Ich meine, ich lebe immer schon Partnerlos, einfach aus diesem Grund, so auch in der Beziehung auf keine solchen verkehrten Leute zu stoßen. Ich kann auch so mitsamt meinem Kind ein familiäres Gefühl aufbauen, es benötigt keinen,der das für mich tut,das ist Kinderkram.

Kundin

Genau. Sie sie dir an, die Opportunisten, der nichts auf sich zukommen ließ, ihm steht die Mühe ins Gesicht geschrieben, aber je Pfauenhafter sie auftreten wie auf der Bühne, der mit Vollgas auf alles zufährt ! Ihm mangelt es an der Hingabe, er zeigt minderwertig Energie oder Liebe. Genau solche Leute gehen arbeiten, um diese Lücke an Empathie und ihr Manko stopfen zu lassen. Sie wollen bemerkt werden, beliebt sein, und gehen der Sucht nach, sich das mit minderwertiger Boshaftigkeit zu erkaufen.

Marianne

Es ist mir doch unverständlich wie solche Leute vor anderen mit gutem Beispiel voran gehen wollen, wenn jeder mitansieht, wie in Kürze deren Familien in die Brüche gehen. Wollen sie dann etwa von dem, den sie mobbten noch zum Fisch Dinner eingeladen werden, zum Neustart ?

Kundin

Tja, da fängt der buchstäbliche Fisch vom Kopf zu stinken an !

Marianne

Als ich meinen letzten und einzigen Fall von Verliebtheit ablegte, was mir schon klar war, als es anfing, wie überaus motiviert er war mich in allen Stellungen flach zu legen, als mich dessen Tochter und Nichte parallel auch kennenlernten. Ich erfuhr solche Schande von diesem Mann, wie er Tochter beinah missbrauchte, und die Nichte mit siebzehn bereits auf dem Kinderstrich gelandet, der Mann zahllose Mal schon geheiratet hatte, und neben jeder Ehefrau noch unzählige Frauen nebenher hatte. Ein Mann der Tat, ging mir da auf ! Immer in Bewegung wie es schien, die Tochter nannte ihn wie die Mutter, die auf ihn reinfiel als Schlampe und Missbraucher, und die kaputte Nichte nannte diesen Onkel als verkommen. Ich hatte bereits das Bild von einem im Visier, der mir eines Tages wieder begegnete, mit irgendeiner Alten im langen grauen Rock und Mantel am Arm wie er sich dann achtzig Jahre alt zu einem umdrehte, und sich sein wahres Gesicht zeigte, das ganze Gesicht übersät von wuchernder Narbe.

Kundin

Ich kenne diese Sorte Typen auch, nicht von hier und nicht von dort. So ein bisschen Ausländer aber aus Österreich stammend und mit der offenen Hose immer auf drei-viertel Zwölf. Macht vor allen Frauen auf unwiderstehlich und im Bett eine echt wahrlich gute Nummer, und ist dann wieder weg, ihm reißen sich stets Vorschläge in die Pause, er will immer was zu tun wissen, ihm stehen angeblich alle Türen offen. Und er macht sie alle glauben, sie seien seine „Liebe des Lebens !" er würde Berge für dich versetzen, was recht unwahrscheinlich klingt.

Marianne

Es wirkt aber vermessen, ihm geht es nur um den Nabel herum.
Er hätte es nicht als spontane Idee gesehen, etwas für einen anderen zu tun.
Möglich das solche Männer im Inneren schon kaputt sind, vielleicht der Alkohol oder vielleicht das Koks. So viel Sex und Sucht danach stumpft sie irgendwann auch ab.

Kundin

Hat sich in Deutschland jede welche Frau einmal den Gedanken gemacht, auf absolut totale Empathie arme Weise, einem verschnörkelten Antrag hin, dem Mann einzuwilligen, aus 10.000 Kilometer Entfernung, so einen zu heiraten ? Das ist wie sich zum Getränke Automaten runter stilisieren zu lassen, der gerade mal umgefallen ist, den aber nur der Eine, nach einer Stunde herbei kommend, die Erlaubnis hat, dich wieder aufzuheben ?
Und das nur, weil er dafür bezahlt ist ???

Marianne muss laut lachen. Sie hat Tränen in den Augen davon.
Beizeiten lädt sie die nette Dame bei sich zuhause ab.
Als sie den nächsten Anruf aus der Zentrale bekommt.

Ein junges Paar steigt ein, beide bezaubernd freundlich an Bord.

Marianne

Darf ich wissen, wo soll es denn hingehen ?

Das Paar schaut sich in die Augen, die Frau antwortet daraufhin.

Sie glauben es nicht. Wir sind in der gesamten Stadt auf der Suche nach Kopierern, nichts zu machen, Druckertinte kann man online nicht erhalten, so müssen wir ins Industriegebiet, hoffend, dass ein Laden da die Tinte gerade verkauft. Wir nehmen sie zu egal welchem Preis.

Marianne

Stimmt, und dann sind die Busverbindungen so selten in dieser Stadt wie die Züge der Bahn überhaupt erscheinen, nie wie laut Plan real vorhanden.

Frau

Wir finden auch, die ganze Technik vereinfacht ein Leben überhaupt nicht. Alle Details wie Nachschub oder Verwendung sind ein Riesenaufwand. Hach, mein Freund und ich haben auch schon gesagt, es wäre ein Grund auszuwandern, ich habe den ganzen komplizierten Schnickschnack hier so satt ! Wir könnten zum Beispiel einfach auf einem Strich in einer Landschaft Gemüse ziehen und Hühner halten, und hätten endlich unsere Ruhe.

Marianne

Je oller, je doller. Ich kenne da den Medienmarkt hinter den Supermärkten. Ich geh davon aus, dass sie da fündig werden. Der Laden draußen ist als zuverlässig bekannt, und die können ihnen alle Fragen beantworten. Aber die Regelung diesen „Problems" mit Auswandern zu verbinden, ist mir neu. Es steht fest, wenn du die Nähe zu Leuten suchst, dass du diejenigen mit dem höchsten schönsten Wort antriffst, die beschlossen haben, abzuwandern, wegzugehen. Sie sind immer zuvor ganz bei der Wahrheit. Ich mag solche Leute in meiner Nähe haben und lade sie immer gern in mein Taxi ein.

Frau

Ich kenne auch solche Leute, von Zeit zu Zeit, einer der nächstes Jahr nach Schweden einreisen will, er es den angerichteten Schaden nennt, sagte er, es könnte passieren, wenn er an dem Punkt ist, an dem er nie wieder nach Deutschland zurückkehren und in der Wildnis leben möchte. Dabei teilen Schweden nie viel mit deutschen Freunden, die sie besuchen. Sie finden ihr eigenes Land so viel besser und nutzen uns eher als entfernte Freunde.

Marianne

In der Tat. Nur die Dummen, mit einer kindlichen Märchenvorstellung, sich einbilden des Fantasie Lands der Wikinger bewusst zu sein, sind erst schwer davon beeindruckt, wenn sie sich von dieser Lüge täuschen lassen. Wir müssen es so verstehen. Wir alle kennen solche Erfahrungen auch im Rest der Welt. Obwohl gilt, dass die Deutschen lernen, nie etwas von außerhalb der Grenze zu wünschen, oder wir sind am Arsch, weil das Leben nun mal kein Kindergeburtstag ist.

Frau

Ich meine, da ist was dran. Ich selbst habe auch noch nicht soweit gedacht. Wir hätten keine Familie da, wir könnten kein Hausdach für den Winter reparieren, hätten keine Maschinen, die das Leben erleichtern, könnten diese nicht selbst in Stand halten, kannten keine Leute des Landes zu Freunden, geschweige denn Gesundheit – oder Altersversorgung. Würde uns allein in der Wildnis ein Tier anfallen, hätten wir den Salat.

Marianne

Ich gehe sogar noch weiter zu behaupten, in der Theorie ist vieles machbar. Aber in Wahrheit müsste ein Einwanderer in Schweden beispielsweise sogar die Fertigkeiten und Skills eines Obdachlosen haben, der sich in der freien Natur unbeschadet und allein zu bewegen vermag, und das möglichst jung genug und ohne körperliche Behinderung, und zudem vom Intellekt so viel verstehen, dass er dort seine beruflichen Kenntnisse einsetzt, um Geld zu verdienen.

Frau

Das stell ich mir grauenhaft schwierig vor, wenn man den Tatsachen so ins Gesicht blickt.

Marianne

Soll ich Euch auch verraten, wie es sich anfühlt, wenn man erst, um nur von seinem Ich und dem Alltag zu entfliehen, in ein anderes Land geht, dann von Ort zu Ort zieht ? Man landet vor der Konfrontation mit sich selbst und erkennt dabei seinen wahren Ruin ! Manche Leute hatten das bereut, wenn sie auch nach langen Jahren zweckloser Versuche so alleine blieben, dass sie sich in ihr altes Leben in der Heimat zurück sehnten. Der größte Feind ist nie der andere, der sitzt in einem selbst, man schickt sich quasi selbst in die Irre und merkt es nicht.

Ihr Partner

Darf ich auch mal was dazu sagen ? Ehrlich zugegeben bewohnen wir geradewegs eine von der Diakonie zugewiesene Kleinwohnung, schon aus dem Grund raus, dass wir uns in einer therapeutischen Gruppe kennenlernten und von dort aus beschlossen unseren Weg zusammen zu verbringen. Doch zu einer reellen Kenntnis und Fähigkeit es im Ausland zu versuchen, fehlt es uns beiden am allermeisten und das nicht nur finanziell !

Marianne

Das geben letztlich viele ehrlich zu. Wir müssen erste Schritte wagen, und selbstständig zu leben lernen. Dann wird was draus. Ich habe mich zum Beispiel komplett vom Partner getrennt, weil er nur ein Fremdgeher ist. Man kann seinem Kind so jemanden nicht vorsetzen, ohne dessen größte Enttäuschung zu zumuten, wenn die Pubertät anfängt, denkt ein Kind auch über die Eltern nach, und zieht daraus sich Schlüsse. Drum nehme ich lieber die harte Konfrontation mit der Einsamkeit und den Folgen in Kauf, statt mein Kind anzulügen. Ich rate deswegen Leuten wie euch, sich das lieber gründlich zu überlegen, wie auch Auswandern, ist Kinder haben zu heutiger Zeit ein Risiko.Jeder hat was besonderes mitzuteilen. Leben ist kein Geburtstag. Die Abbildung eines Jesus in der meisten Leute Augen ist nur schwarz-weiß. Ich aber kann mich nicht über ein Niveau und die Tatsache ärgern, die mich an den Kindergarten erinnert, solange ich die Dinge klar überblicke. Wir bleiben ohne gewalttätige Gedanken, und wissen dann und wann die Fee und die kleinen Wunder zu sehen. So wir sind da. Ich wünsche Euch beiden viel Glück auf Eurem Weg.

Marianne fährt zum Stadtinneren zurück, am Rand auf neue Aufträge wartend. Sie genießt eine ruhige halbe Stunde Pause mit einer Tüte Croissants. Sie denkt, doch sie fühlt sich seit der Trennung weit besser und weniger benutzt seit einer Weile. Im Bild eines blonden Hühnen, der ihr so vorschwebt, erkennt sie, dass egal vor dieser Kerl vielleicht vor ihr auftaucht, der Gestörte Typ wird er immer bleiben, selbst wenn er eines Tags 1000 Frauen flach gelegt kriegt. Du guter Freund und auch Lauch, den du mit mir nie gebrauchst. Das sollte heißen, deinen inneren Kind begegnen.

Sie sieht vom Standport ihres Taxis vor sich unweit vom Gewässer die Bäume und Büsche stehen, da fällt ihr auf, als sie sich einen Baum näher betrachtet, dass er zu seinen Füßen am Stamm eine echte Baumkugel wachsen lässt. Sie steigt aus dem Auto, und umfasst die natürlich gewachsene Kugel in der Größe eines Kinderkopfs mit beiden Händen, die sie verzaubert, sie dreht es ein bisschen und auf einmal löst sich das hölzerne Gebilde vom Baumstamm und sie hält die Baumkugel in ihrer Hand. Marianne denkt sich, solch ein Ding ? Sie nimmt das als wunderlichen Wink wahr, nimmt die hölzerne Kugel mit nachhause, sicher gehend, sie wird ein Andenken sein, dass den Ehrenplatz auf der Fensterbank finden wird.

Dann wird sie zu einer kranken Frau gerufen. Sie benötigt einen Transport ins Krankenhaus. Die Dame steht vor ihrem Wohnhaus klein und auf eine Hilfe gestützt. Sie will ihr gerade ins Auto helfen, als die Frau sie anspricht.

Dame

Verzeihen Sie ! Ich bin auf das Taxi angewiesen, weil ich todkrank bin und zu meiner regelmäßigen Untersuchung in Behandlung muss. Doch ich stehe hier schon zwei Stunden, wissen sie, und es nahm mich keines der gerufenen Taxis mit, weil sie einfach behaupten, dass sie auf Krankenschein keine Fahrten machten. Sie wollten alle ihr Geld für die Fahrt in bar. Hier zu stehen, hat mich sehr viel Mühe gekostet, ich habe fast keine Kraft mehr. Also muss ich von Ihnen wissen, ob sie mich nun mitnehmen ?

Marianne

Meine Güte ! Von solcher Unmenschlichkeit habe ich mein ganzes Leben noch nicht gehört. Wie entsetzlich grausam ist doch diese Welt ! Natürlich werde ich sie bei mir aufnehmen, liebe Dame. Lassen Sie sich helfen.

Dame

Danke.

Mit Schmerz verzerrtem Gesicht nahm sie Platz. Sie fuhren los.

Marianne

Ich kenne den Tod. Aber ihn an sich selbst zu erleben ist was total anderes. Ich weiß, ein Peepee endet, ein Lächeln vom Mond endet, ein Tag in Frieden endet, eine Musik mit mir endet, eine schrecklich gute Liebe endet, eine Tränenflut endet, eine Sehnsucht nach weiteren Enden.
Einsamkeit ist nicht tödlich, sagte mir mein Freund eines Tages. Aber wenn ich von solchen Taxifahrern höre, die ihre Hilfsleistung unterlassen, und eine todkranke Frau wie sie einfach warten lassen. Was mich umbringt, ist in diesem Fall eher das Ertrinken in menschlichen Lügen..!!

Dame

Wenn der Tod mich ergreift und wir uns nicht treffen, vergessen Sie nicht, dass ich Sie unbedingt treffen wollte.

Marianne

Wenn mir das Einhorn gewunken, dann bin ich vor ihm nie gesunken, wenn es mir verraten, keine Angst vor mir zu haben. So wünsche ich Ihnen das auch, vor dem Lebensende keine Angst haben zu müssen. Ich danke für mein Leben. Ich betrachte es, weil das Einhorn gewachsen mit den Jahren, wenn mir das Einhorn verspricht, was das Herz zu ihm spricht, werd ich ihm meine Treue halten.

Dame

Vielleicht find ich die eine kleine Wolke wieder, die schon lange nicht mehr da war, vielleicht setzte sich wieder einmal ein Adler zu meiner Seite, vielleicht ergreift mich das Kleinkind einer allein erziehenden Mutter derart, dass ich zu philosophieren beginne, vielleicht springt in mein Gedächtnis eine wahrlich alte Erinnerung aus meiner Frühkindheit. Ich habe Bauchspeicheldrüsenkrebs, der erst vor Wochen festgestellt wurde, aber die Ärzte geben mir schon jetzt soviel Morphium, dass ich weiß, es kann sich nur noch um Wochen oder Monate handeln, bis alles vorbei ist.

Marianne

Liebe Frau, wir sind angekommen. Ich werde an Sie denken, und ich höre mich in den Taxi-Unternehmen um, welche Sau sich das mit Ihnen erlaubt hat, sie warten zu lassen. Das verspreche ich.

Dame

Vielleicht erreicht mich die Stimme eines Urahnen, in dem er mir zuwinkt, vielleicht ergreife ich den Ast, auf dem ich sitze mit einem Seil daran und schwing mich in die Ferne ! Heute Nachmittag geht mein Sohn mit mir zur Bank spazieren. Ich gehe jetzt die Einhörner füttern und danach Male ich die Welt bunt an, auch ich weigere mich, je noch mal den Gedanken zu fassen, eine Kirche zu betreten. Die Sonne hat mehr Liebe und Leben !

Marianne fährt noch ein paar mal und kehrt ziemlich geschlagen nachhause. Es war wirklich ein ereignisreicher Tag.

Sie denkt sich, ein Taxi-Unternehmen zu führen, bedeutet heute nicht auch, über alle Angestellten im Klaren zu sein, wie korrekt mit Fahrgästen umgesprungen würde. Wäre sie selber der Chef, so fragt sie sich.
Wen würden sie wohl bei sich einstellen ? Den wahren Psychopathen im Gepäck kannst du nicht von anderen unterscheiden, wenn er sich einem lächelnd vorstellt. Diese Meister der Verstellung. Und sie tauchen vorrangig genau dort gerne auf, wo es um den Kontakt zu einem möglichst großen Publikum geht, weil diese Leute es brauchen, und ihre Auftritte genauso.
Der Begriff von gläserner Decke bezieht sich auf Frauen oder Minderheiten, die aufgrund von Vorurteilen auf unsichtbare Hindernisse in ihrer Karriere stoßen. Nur wer ist tatsächlich talentiert genug für eine Anstellung ?

Manchmal erkennen Leute, die Opfer solcher Typen werden, dass sie nicht ausreichend gut behandelt werden, in deren Sympathie bestätigt, ihre Vorzüge erkannt, und Ambitionen gefördert werden, sondern im Gegenteil, dass sie in all dem gebremst werden, doch von Leuten, die unter dem harmlosen Schafspelz ein wahres Monster bergen, es ihren Kollegen auf der Arbeit so schwer machen, wie sie können. Und leider gesteht sich Marianne ein, dass mindestens jeder Zehnte Mitarbeiter solche charakterlichen Züge aufweist. Aber trotzdem ein Chef ist kein Chef, der daran vorbei sieht, und doch häufig auf derlei Missstände aufmerksam gemacht wird !

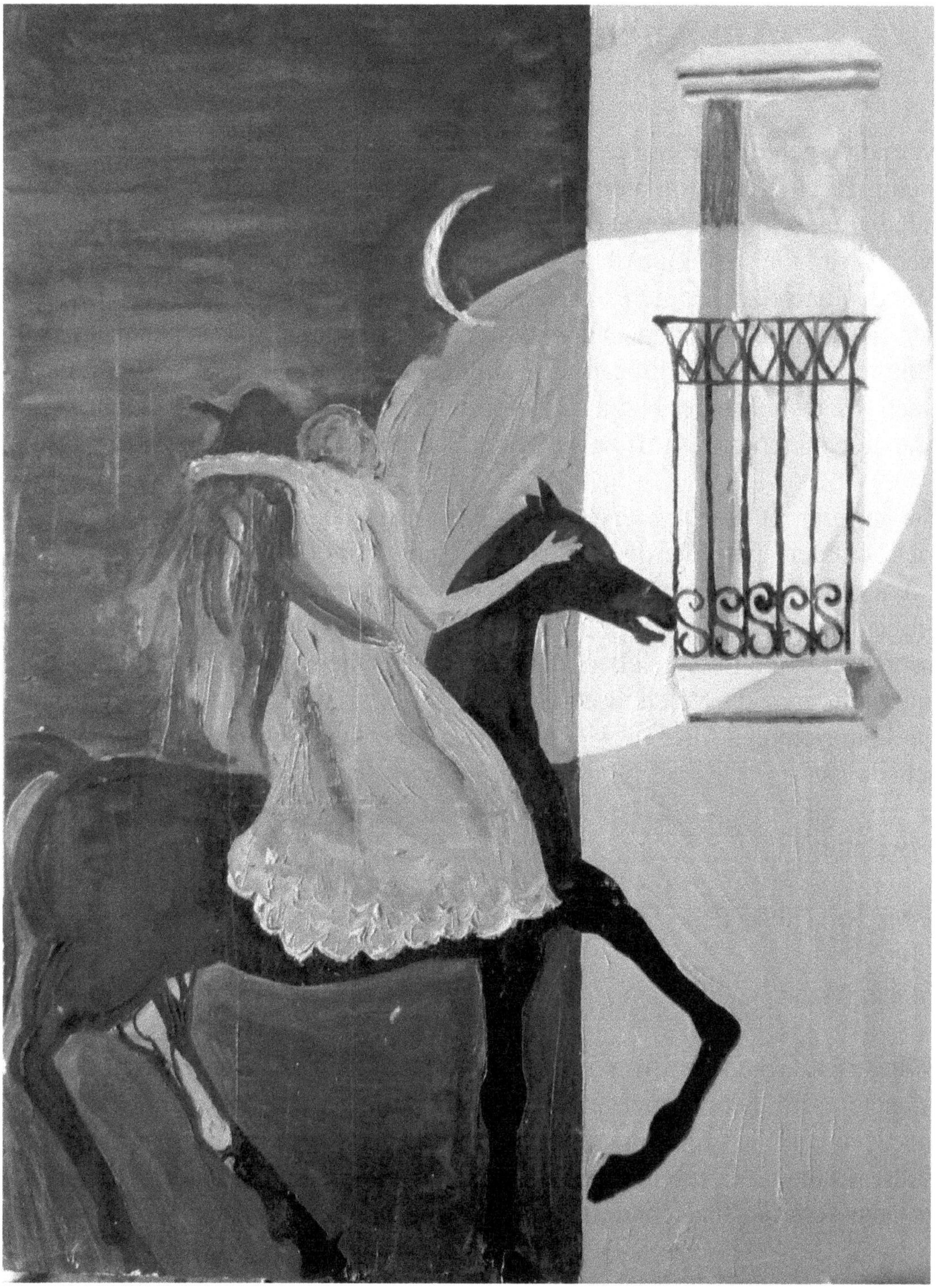

Am Abend heißt es Überleben !

Marianne geht müde morgens aus dem Haus. Ihr Kind hatte die Nacht wenig geschlafen, wegen ein bisschen Kinder üblicher Bronchitis, mit Inhalieren, schleimiger Rachen und Husten die ganze Nacht. Ihre liebe Nachbarin, die schon in Altersrente ist, hat sich bereit erklärt die paar Stunden nach der Kleinen zu sehen. Doch Marianne hatte sich bereits mit der Tatsache abgefunden, schon ab dem Zeitpunkt der Geburt eines Kindes fällt bei den meisten Müttern die Fähigkeit zum tiefen schlafen so gut wie flach, was wohl in der Natur des Menschen liegt, man muss sich dann nur dran gewöhnen und Kraft zu schöpfen beginnen so gut es geht.

Sie besteigt ihr Taxi und erwartet den Funk aus der Zentrale. Schon gleich vier Minuten später wird sie aufgerufen, und startet ihre Taxi an den gewünschten Ort. Ein sehr abgemagerter Mann, mit Ringen unter den Augen wartet auf sie, man konnte ihn fast mit einem alten Ahnen aus vergangener Zeit vergleichen, der noch unter ihnen weilte, nicht ganz hier und nicht ganz da. Solche Leute, denkt sich Marianne, haben in dem Sinne gar kein richtiges Alter für sie, nur ihre Körper darben früher als sonst, was schade ist.

Marianne

Moin, wo soll es denn hingehen ?

Junger Mann

Sollte zum Gesundheitsamt in Flensburg, vielleicht hätten sie die Ehre ? Man soll sich da über meinen Gesundheitszustand und Arbeitsfähigkeit abklären, weil ich Erwerbsminderungsrente beantrage. Die Kasse zahlt die Fahrt für das Taxi. Ich muss um 12:30 h da erscheinen. Können wir das bis zu dem Termin schaffen, denn ein Bus fährt weitaus länger ?

Marianne

Kein Problem, dann mal hopp einsteigen, wir fahren hin fast eine Stunde.

Junger Mann

Ja, ist gut. Dann stoßen wir ins Horn. Ist Rauchen im Auto erlaubt ?

Marianne

Ach was, wenn dir die Fahrt sonst zu lange wird, dann kannst du ruhig rauchen, und öffnest einen Spalt dein Fenster. Wie sollen wir sonst die Nachfrage für Drogen bedienen ? Ich mach nur Spaß, steig ein.

Junger Mann

Da sagst du was. Weißt du denn, wie leicht man hierzulande an Drogen kommt, noch bevor man sie je kannte, und wo das stattfindet ? Das ist ein Kracher !

Marianne

Nee, kannst mich gern aufklären, wir haben Zeit.

Junger Mann

Es gibt da einige Räume und Hallen, wo dir die Sucht auf eine Weise auf leichte Weise angepriesen wird. Erst ist es Vater's großer Rumtopf im Keller. Dann Mutter's Arzneischrank mit Morphium gegen Schmerzen. Dann ist der Gang mit Mutter zum Arzt für jedes Weh-weh eine Pille gegen alles.
In manchen Zahnpasta ist Alkohol. Es wunderte mich kaum, wenn die Baby Schnuller nicht bereits mit Bieraroma angeboten werden ! Aber in der Pubertät, dem gefahrvollsten Moment im Leben junger Menschen kriegst du gleich zur ersten Reife Feier Sekt in die Hand gedrückt. Du gehst ab dann

auf Brautschau, mit den Mädels tanzen, und was verkaufen sie auf jeder Disco Toilette ? Koks. Dann geht es geradewegs in die Berufliche Ausbildung, vielleicht sogar Studium. Du siehst die Maler Gesellen, sind meist Punks in bunten Hosen in der Freizeit, die kaum noch unterscheiden zwischen den Farbdämpfen, die sie beim Arbeiten von der Leiter kippen lassen oder dem Sprit in der Freizeit am Wochenende mit Freunden. Sozusagen warne ich die meisten ungebildeten des Lebens, besser keine Universität zu betreten, und nicht im Wissen zu sein, dass sie dir da rigoros Alles nehmen, ….. die Jungfernschaft, den Glauben an die Liebe, selbst dass sie dich schon im ersten Studienjahr meist um den Abschluss bringen, weil du bereits auf Drogen kommst, und wenn du nicht weißt, woher du deine Drogen bekommst, wenn nicht schnurstracks, dann ohne Umschweif in die Universität. Darum gehöre ich auch zu den vielen Lebenslauf Abbrechern. Ich hatte es tatsächlich wie die meisten noch zum Abitur gemacht !

Marianne

Mir ist das klar wie du schon sagst. An einer Universität, gleich auch welchen Studiengangs, du stößt auf ziemlich gefühlloses Pack da. Da feiern alle Arten von Interessensgruppen ihre Party. Ich seh sie förmlich vor mir.
Die Dealer müssen sich da köstlich an den naiven Leuten bedienen können.
Die Teddies, die sich in den nächsten fünf Jahren an der Spitze sehen.
Die Helden, die sich mit Motorrad und Aikido den Allrounder nennen.
Die Kinder von Beruf, die ein Poloshirt über der Schulter tragen.
Die Covid Leugner, deren Konflikte sich mit Extremismus paaren.
Die Kinder, die sich ihr Taschengeld gern etwas aufbessern wollen.
Die leisen Hupen auf dem Fahrrad, die dazu gehören wollen.
Die „verhinderten" Studenten, die vertieft sind in illegale Geschäfte, weil sie einfach alle mit deren verringerten emotionalen Fähigkeiten und der Unkenntnis, was Leben im wahren Sinne heißt. Sie fallen auf Manipulation rein, weil sie in ihrer Selbstverblendung im Glauben leben, unantastbar zu sein, aber wie es ihnen ihre Eltern beibrachten, einfach alles haben zu können, nach was es den lieben Kleinen giert. Und wenn sie dann selber anfangen zu dealen, steht irgendwann kein Stein mehr auf dem anderen.

Junger Mann

Die Welt geht tatsächlich an der Selbstsucht zugrunde. Die Süchtigen nachher, an die denkt gar keiner mehr.

Wie einfach man in die Sucht stolpert, wenn eine angeblich liebevolle Person meint, auf den Namen kommt es ihr nicht an, und wer mit ihr schläft bleibt besser inkognito, doch all seine Probleme wären für einen Moment wie weg gezaubert und vergessen, und da sie im Voraus schon wüsste, dass damit seine sexuellen Gelüste unbändig würden, verpasst sie ihm eine Ladung und spricht „Ich hätte da unheimlich Lust mich mit all deinen Problemen zu paaren !" ein Zweimeter Typ und eine Hure zeitlebens gescheitert, aber auch als Unternehmer würde er dadurch selbst zum Abhängigen, und fände es gut.

Marianne

Ich weiß, wenn Menschen sich kindisch, egoistisch und egozentrisch verhalten, dann verletzen sie gleichzeitig andere stark. Menschen auf diese Weise einzusperren, umzuerziehen und dann fallen zu lassen, ist fast schon ein typisches Verhalten der USA. Die Kopie Amerikas haben wir natürlich seit der industriellen Revolution auch hier.

Junger Mann

Doch wie da eine normale Frau wie sie aus dem Mittelstand denkt, mit der Lizenz zum Arbeiten, allein oder nicht, mit Kind oder nicht, aber einem fahrbaren Untersatz, ist mir nicht bekannt. Ich werde von anderen meist nicht bemerkt, und nicht anhand meiner Problematik wahrgenommen.

Marianne

Aber oberflächliche Menschen werden die Deutschen nie als solche kennenlernen, nicht im wirklichen Leben, weil sie es nie geschafft hätten, die Grenze übers Meer zu überqueren, so könnten solche auch nicht die Schwelle zu einem anderen Menschen zu übertreten, und sich dessen Vertrauen gewinnen. Man sagt ja, ein richtiges Arschloch zu sein, dazu gehört so manches, das kann auch nicht jeder, wir verdienen uns nur eine weltliche Freundschaft auf eine oberflächliche Art und Weise. Lasst uns das so beibehalten, heißt es. Ich kann mich nicht über ein Niveau und eine Tatsache mehr ärgern, die mich mehr an den Kindergarten erinnert.

Junger Mann

Es ist irgendwie aber traurig, wenn man mal jung Probleme hat und trotzdem ein guter Mensch bleibt, dass es zum Elternhaus überhaupt keinen Durchschlupf mehr gibt, als tabuisieren sie solche Klientel wie mich.

Marianne

Es bist nicht du, der alle anderen manipuliert. Diese, welche lügen, sind sie, die dich ausstoßen. Ich sage immer, wenn Leute ihren Mut fast verlieren zu leben. „Wenn Sie mit einem Gedanken in Trauer, Kummer und tiefen Schuldgefühlen gefangen sind, wird es nicht alles besser machen, wenn Sie nur den Einsamen in sich selbst bestrafen würden. Wenn Sie es täten, würde niemand davon profitieren. Sie als Einzelner sind nicht das System, nicht die Gesellschaft in einer Person, nicht die kulturelle Sicht aller.
Stellen Sie sich eine Person wie Sie vor, und Sie hätten die Garantie, dass es auf der Welt mindestens sieben andere gibt, die genauso aussehen und sind wie Sie, aber Sie hätten selten die Chance, sie alle gleichzeitig an einem Ort zu treffen. Aber da jeder von ihnen sicherlich seine eigenen individuellen Gedanken und Liebe für andere hat und seinen eigenen Weg im Leben geht, können wir NICHT alle gleich gut oder schlecht sein."

Junger Mann

"Sozialarbeiter" gaukeln, die K.o. Tropfen aber haben sie stets im Sack. Das kleinste Nachplappern, das Referat in der Bewerbungsunterlage, und man darf sich immerhin "Sozialarbeiter" nennen. Dann hast du den Freibrief, selbst alle vom flachen Land, platt denunzieren zu dürfen ! Ich kenne meine Emotionen, möchte Doppelgängern nicht zur selben Zeit am selben Ort begegnen, weil solche, die ähnlich ticken, ich selbst würde mich vor ihnen fürchten ! Aber das gilt doch für Alle gleichzeitig !

Marianne

Frag nicht nach dem Beschützerinstinkt !
Frag den Wolf, der den Raum betritt.
Der Wolf betritt einen erleuchteten Moment.
Heiße ihn willkommen, aber frage ihn nie:
Wer Du bist ! Wen Du magst !
Denke an nichts ! Du bist nichts Besonderes !
Einzigartig ist das Nichts des Universums !

Der Mitfahrer zückt sich eine Zigarette und schaut genussvoll zur Landstraße, die Landschaft genießend, die Fahrt setzt sich schweigend fort.

Junger Mann

Die habe ich bereits gefressen, denk ich nur an diese über etablierten, Emanzen und Vorzeige Frauen, mit dem guten Menschen drin, von dem sich schon jeder im Vorbei gehen eine Scheibe abschneiden müsste ! Ich seh sie vor mir, … Die atemberaubenden, die schönen hiesiger Frauen, als die das Beste überhaupt, die distanzieren sich immer gerne, die haben so den Traum von SÜDAMERIKA !!!! Nein, nicht dass sie zu allem ihren Senf abgeben. Dort suchten sie sich einen HUND aus der WÜSTE aus, stecken ihn ins Flugzeug hierher, demonstrieren ALLEN wie einmalig sie deswegen seien, deshalb noch ein Tattoo auf ihr Brustbein von wachsenden Urwald Ranken, plus ein apart einmalig unnahbarer Blick, dass ich derart LACHEN muss, dass ich dabei die HOSE verlier...und man trifft sie genau da ein zweites mal, und dann NIE WIEDER !!!!!

Marianne

Dazu kann ich auch meinen Senf abgeben. Du solltest wissen, ich bin als Alleinerziehende Mutter genug dem gesellschaftlichen Hass ausgesetzt. Mein Kind kommt gerade in die Schule, und schon soll ihm die Lust daran vergehen. FÜR LEHRER; die schon das DENKEN als eine KRANKHEIT sehen, dazu eine Politik will ungeachtet dessen auch keine Lösung liefern.... aber machen kleine dicke Jungs zu den Soldaten, die pubertär den Kindern vormotzen, dass Waffen ihnen Tür und Tor öffnen, die morbide, pummelige Scheinidee der Walldorfkinder sich ein Indianerleben basteln, sich versprechend, tanzende Kinder werden' s richten, die glatzköpfigen 60'iger heute rechts, die bekifften Lehrerkinder heute links, die Lehrer am Rande allen Geschehen, sagen zu Grausamkeit ab Kindergarten, immer gegen Einzelne, Schwächere, "Je weniger wir sehen, je weniger wird geschehen !" Meine Güte, was ist das für eine Welt !

Junger Mann

Ich sehe mich also doch lieber einsam und arbeitslos an einem Lagerfeuer sitzen, denn ich ohne Brüste könnte meinem Kind noch nicht mal die Milch geben, die es bräuchte. Wenn die Männer so überflüssig werden, dass Frauen sie lieber allein erziehen, dann ist doch etwas faul im Staate Dänemark !

Marianne

Ich berufe mich auf einen unbekannten Dichter, der mir sehr sympathisch: Lesen Sie mich nicht, wenn meine Worte, die einen Waldbrand löschen, das Feuer in Ihrem Herzen nicht löschen können. Lesen Sie mich nicht, wenn meine Worte, die ein erloschenes Feuer wieder in Flammen setzen,

keinen Funken in Ihnen entzünden. Lesen Sie mich nicht, wenn meine
Worte, die einen trockenen, rissigen Boden wiederbeleben, keinen Spross in
Ihrer Seele erwecken.

Junger Mann

DIE DISSOZIALE GESELLSCHAFT, behandelt uns so !
Sie werden dafür keinen Thron mehr bekommen. Ihre eigenen Frauen laufen
weg, und davon, dass die Leute keinen Kommentar hinterlassen, und das ist
natürlich wohlverdient ! Ich hoffe, Sie genießen den Tag auch, denn ich bin
so froh, dass ich jetzt nicht mehr die Steuer prüfen und das eigene Haus, die
Rechnungen und so organisieren muss. Dass ich noch in dem Alter bin, in
dem ich meine eigenen Sachen online lesen kann. Und dass ich nicht der
einzige bin, der völlig links ist in der Familie.

Beide müssen lachen, als sie schon fast angekommen sind.

Marianne

Hoffentlich sehen wir uns zuhause bald wieder ! Komm gut klar.
Tschüss, bis die Tage, mein Lieber...

Junger Mann

Auch ich weigere mich, je noch mal den Gedanken zu fassen, eine Kirche
zu betreten, eine Arbeit anzunehmen, Lobhudelei Fremder anzunehmen, mir
Ratschläge erteilen zu lassen, mich nötigen zu lassen für Arschlöcher Partei
zu ergreifen, meine alten Fehler zu wiederholen, weil andere es tun, anderer
Denkweise zu übernehmen, mich in Abhängigkeit und toxische Beziehung
zu übergeben, mein Wunder für morgen zu behindern, ich werde allen
einfach sagen, wann sie vor mir bitte Abstand nehmen, auch niemals ein
Auto fahren, allein schon der Mitfahrer wegen, Auto fahren kommt von Au,
ich mir bildhaft in Argumenten deren Sorgen vom Leib halten werde !

Marianne

Es ist schon eine hohe Kunst, ein rechtes Arschloch zu sein !
Leute sind viel zu sehr beschäftigt alles in Vernunft und Logik zu pressen. Dennoch begegnen mir auch Dinge die sich mit keiner Schulweisheit erklären lassen. Wissen ist gut aber eben nicht alles. Egoisten macht aus, wir sind häufig damit beschäftigt zu klagen, wo wir dankbar sein sollten.
Junger Mann

Ich hatte als Kind auch mal ein Vorleben vor diesem Leben. Diese ruhige Gelassenheit, habe ich in der Natur gelernt. Wir sollten öfter mal mit den Augen von Kindern sehen. Unser ganzes Denken für einen Moment vergessen und einfach nur staunen. Es ist mir alles universell egal geworden, auch in der Liebe. Ich hatte schon ziemlich lange keinen Sex mehr. Ich sage, „Wenn mein Herz bricht und der Durst, dich zu haben, in meiner Seele explodiert, und mein Wesen sich in zwei Teile spaltet und ich noch ein wenig mehr sterbe, wenn ich das Gefühl habe, dass du abwesend bist, meine Liebe, werde ich nicht mehr zurückkehren, um deiner süßen Stimme zuzuhören, die mir zuflüstert „Der Wind, das Leben". Ich werde mich nicht im Blick deiner Augen widerspiegeln können, wir werden... uns trennen müssen." Ich bin Freidenker.

Marianne

Geht mir genauso. Ich fahre damit glücklich und bin zuvorkommend im nächsten Leben ! Das Leben besteht aus dem was man schon erfahren hat und der Beschäftigung sich andere Pläne zu machen. Es gibt nichts, um von Erfolg zu lernen. Alles ist aus Fehlern gelernt. Sie lachen darüber ?
Mutter Natur sagte: Lasst uns die Qualen vergeben und vergessen, es zog ihn oder mich genau nach dem Moment der Geburt dahin, Kein Menschenrecht wahrzunehmen. Wer vermisst wird, der ist auch etwas wert.

Die Fahrt endet also am Amt in Flensburg, und Marianne kehrt mit dem Taxi wieder nachhause zurück, möglicherweise, dass sie den sensiblen, Philosophischen Fahrgast mal wieder antrifft, denkt sie, es wäre schön.
Der Weg mancher ist steinig und schwer, denkt sich Marianne leise bei sich. Und gerade dann, wenn sie auf der Straße sitzen, fragt sich die Gesellschaft nur, wer dazu gehörte, der hätte auch gewisse Steuern zu zahlen. Als hätte jeder wie die streunende Katze auch eine Steuernummer auf sich geschrieben, die ihn ausmacht, und die Namen der Menschen existieren nicht mehr.

Marianne macht einen Abstecher zum Einkaufsmarkt, wo sie genau weiß, dass ein Asiatisches Restaurant das beste Essen zum Mitnehmen zubereitet. Aber sie nimmt sich die Zeit und setzt sich da an einen Tisch und lässt sich einen großen Teller gebackene Nudeln, mit Ente und asiatischem Gemüse schmecken. Dann ist ihr ein Licht aufgegangen, um was für Menschen es sich teilweise bei den Suchtkranken handelt. Jeder hat seine eigene Geschichte zu erzählen, seine Auf' s und Ab' s, und mancher, der es doch schafft, nachdem er sich gründlich genug mit sich selbst befasst.
Es sind nicht alle gut aussehende erfolgreiche junge Menschen, die gelernt haben auf sich gut zu achten. Auch gut aussehende unter ihnen müssen richtig durch die Panade gezogen werden, eh sie wieder aufwachen.
Und fast die Hälfte unter ihnen, wie sie es beobachtet, gehen zu Grunde.

Diese Menschen wünschen sich alle eine Familie, oder wenigstens den Vater, der sie menschlich anerkennt. Sie träumen alle vom anderen freien Land. Doch jeder Weg, den sie dazu einschlagen, driftet in die Gosse immer tiefer rein. Da ist klar, wenn Leute sagen, wirst du in einen anderen Kontinent wandern, den Ort wechseln, stehst du immer dann vor deinem Untergrund. Weglaufen bringt nichts, so nicht der Traum von der besseren Welt, in der man alles von sich fallen lässt.

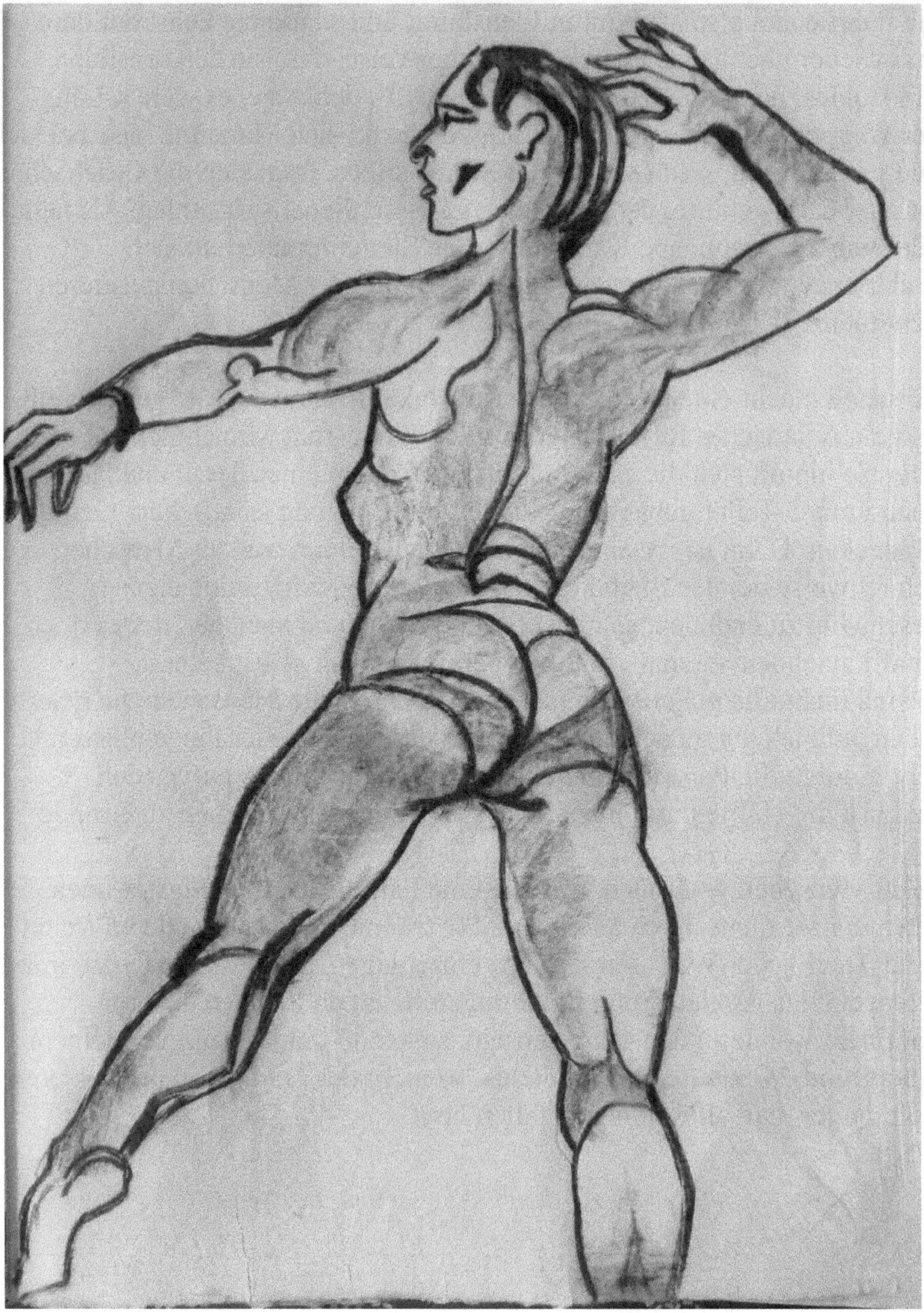

Freunde und Fremde !

Marianne' s Feierabend geht gleitend endlich in einen darauf folgenden Feiertag über, sie lässt sich abends mit einem Plumpsen ins Sofa fallen, das Kind spielt auf dem Fußboden mit seinem Allerlei an Papier, Holzklötzen und Lego herum. Als gerade als ihr die Augen runter klappen, die Tür läutet. Sie rackert sich auf, und geht hin, ihre Nachbarfreundin kommt vorbei.

Marianne

Wie gut dich zu sehen ! Sophie, kommt rein, aber erwarte nichts groß von mir, ab jetzt wird entspannt. Wir können uns gleich ruhig eine Pizza ins Hau kommen lassen, dafür wäre ich zu haben. Die Arbeit hat richtig gut angefangen, aber es ist noch gewöhnungsbedürftig und anstrengend, so viel zu fahren, und erst nach sechs Stunden nachhause zu kommen.

Sophie

In den arabischen Ländern schaut man dem Zug zu, das eigene Leben und die eigene Jugend verschwinden vor den Augen, und man kann nichts tun.

Marianne

Ja, in der Tat. Ich muss mich nicht beklagen. Taxi fahren, heißt immer am Ball bleiben. Mann, ich hab es mir ja nicht umsonst so zu arbeiten ausgesucht. Die Leute haben alle was zu erzählen, aber auch, dass sie alle ihren eigenen Senf endlich abgeben, nennen ich einen Fortschritt. Ich kann das gut vertragen, nach der Babypause. Wählen Sie auf der langen Reise jemanden, dessen Gesellschaft Sie nie müde machen wird, denn der Begleiter ist wichtiger als der Weg.

Sophie

Ja, aber jeder hat auch sein eigenes Leben. Der Roman endet immer mit einem Abschied von der Person, für die man gekämpft hat.

Marianne

Es ist ja auch wie... schöne Männer wirds immer geben auch wenn wir gerade auf sie zu steuern, sie mustern, das uns erfreut an ihnen, kennt jeder doch den Schalk, da diese in einer Frau Leben niemals blieben !

Sophie

Ich wollt ihn nie den VORZEIG WETTBEWERB, richtig so. Wer bei uns den ganzen Schlamassel angerichtet hat, dass wir ohne die Männer klar kommen sollen, ist nicht an einer Person fest zu machen. Hab mir das nicht ausgedacht, aber welcher Freundes Arm bitteschön legte sich um die Schulter ? Doch keiner, der mich küsste, mir die Verlobung veröffentlichte.

Marianne

Ich weiß aber auch, je weniger Interesse wir an einem Mann zeigen, dann wird auch auch keiner mehr auf uns zugehen ! Und noch geringer die Chance, vor allen die Hand runter auf den Bauch legend, verkündet, ein Wunder ward bald geboren, im kommenden kalten Winter. Es ist kein geringer Lohn, wer also mit Freunden gern Strip Poker spielt, nach dem Motto, wer gewonnen hat, darf wieder was anziehen.

Sophie

Tja, nun da ich in meinem Alter, alter Falter, auf so eine Weise hätt immer noch keiner die Chance mich derart REINZULEGEN ! HAHAHAHAHa

Marianne

Stell dir einmal vor, die Liebe sei irgend ein fremder Mensch, dessen Nacken du auf offener Straße nächtens küsst ?

Sophie

Was willst du aber erzählen, wenn du wirklich wahren Psychopathen im Auto verfährst, die dich ins Gespräch verwickeln ? Sie könnten davon zu die Rede haben, wie sie gerade eine harmlose unerhörte Person bei der Polizei angezeigt haben, die nur bei ihnen an die Tür geklopft hat. Was erzählst du diesen Leuten dann ?

Marianne

Auch mit untragbaren Situationen muss man hantieren. Und hausieren bei mir derlei Leute, die sich in meinem Taxi zu mutieren beginnen, dann rede ich mit ihnen wie mit einem Chamäleon in einem schicken Käfig, gebe ihnen da ein bisschen Futter und stell ihnen Wasser hin, genauso wie sie es fordern, und setze sie wieder ab, wo sie hin wollten. Jeder bekommt, was er von mir verlangt.

Sophie

Die lokale Nachricht, die Allgemeinheit geschäftlich aus den Angeln hebt.
Das Wissenschaftliche Gehirn, das nur noch logisch rechnen kann.
Die Unvergesslichen, die die Vergangenheit für ihren Besitz halten.
Die eitle Zelebrier, die aller Leute Geschichte teilt, um bekannt zu bleiben.

Marianne

So wird es wohl sein.

Die beiden empfangen die Feierabend Pizza und sinken ins Sofa.

Marianne

Weißt du, wie es ist, ein brillanter, gutaussehender Typ zu sein? Er ist oberflächlich, manipuliert durch das Aussehen und ist machthungrig. Er missbraucht aus Liebe, lässt sie alle wie heiße Kartoffeln fallen, ohne Ende, selbst wenn die Leute dabei fast sterben. Er ist weg, einfach weg, und Ströme von Tränen, Ängsten und fließendem Blut hinter seinem Verlust, und eine wunderschöne Person kam und ging einfach, so wie sie es tun, nur weil sie es können. Kommen und gehen.

Sophie

Er bittet fast um Geld, um gefickt zu werden, so sehr ist seine Selbstliebe. Er verspricht jedem, was er hören will, seine Wünsche und Bedürfnisse sind einfach, direkt über seinen weit aufgerissenen Augen, die auf der Vorderseite zu sehen sind. Er berührt dich und dann den dummen Fall, zu dem du gehörst. Ein CHAMÄLEON in der Liebesatmosphäre.

Marianne

Ich bin nicht dumm, darauf hereinzufallen, versprochen! Davor hätte ich mich in ein Schönheitstier verliebt, würde mein eigener Hund signalisieren, würde er mein Zimmer betreten mir damit tatsächlich den Fickfinger zeigen, wie sie es wirklich tun, hihi. Das war einmal der erste echte Schock seines Lebens, diese fundamentale Art Frauen anzugraben ist eine unangenehme. Es ist lustig zu sehen, wie ein beschützender Labrador deines Herzens hereinkommt, während dein Hund in sein kleines Halsband stolpert und diese Pfote sich darin verfängt und immer fester zu mir hält, während der zweite andere versucht, mich zu täuschen. Er sagte, er sei anscheinend mit dem Wolf zusammen und der Wolf hätte gefragt, wer er sei, er sagte dem Wolf nur „Ich bin ein Freund des Löwen" und versuchte, mich zu täuschen. Es ist eine abwertende Art. Aber er wusste nicht, dass ich genau in diesem Moment meditierte und mich wie ein Wolf fühlte, mit einem erleuchtenden Bewusstsein von Frieden in Gedanken und Licht im Kopf, als mein Hund mit seinem kleinen Problem in den Raum kam, deshalb antwortete ich sofort auf den dummen Versuch: „Und der Wolf war sich eines erleuchtenden Moments bewusst, als der Hund in der Person meiner eigenen Mutter hereindrang !", sagte ich ihm, und diese prompte Antwort in die andere Richtung zerstörte seinen Wunsch, meinen Wolf herabzusetzen.

Sophie

Das war wieder und wieder ein Schachmatt. Lass uns eine Flasche guten Wein aufmachen. Das muss wieder gefeiert werden, öfter als solcher Reinfälle einem begegnen, muss man sich als anständige Leute ja nicht besaufen. Aber hier ist ein Grund gegeben !

Marianne

Die pubertären Springer mit Schlüpfern patrouillieren, die andere bestehlen. Sie sind in der gleichen Art auch in den Netzwerken unterwegs. Die Egozentriker mit psychischer Klatsche, doch man sich für sie einsetzt. Solche Typen kommen erst damit, dass sie für ein Treffen erst mal Geld verlangen müssten, weil gewissen Sicherheiten erbracht werden müssten. Dabei erkennen sie deine intelligente Art nur an, in dem sie dir mitteilen, dass sie etwa jünger seien, und dachten, dass du ihrer Meinung nach hättest älter aussehen müssen, als du es tatsächlich tust, das soll dann die herab gestufte Art sein Komplimente zu geben. Gleichzeitig haben sie es parallel mit mindestens zwölf anderen deutschen Weibern im Gepäck. In Wahrheit läuft es nur darauf hinaus, Leute ums Geld zu bringen, wenn sie denen nicht nur auch noch einen alten Araber aus einem verarmten Dorf zusätzlich auf den Bauch binden. Sie sind nie der, für die sie sich ausgeben. Und diese Art dich wertmäßig nieder zu machen, nur weil du schön weit weg bist, trifft ihre Art wie sie die Frauen prinzipiell verachten.

Sophie

Ja, es ist eine andere Art des Fundamentalismus, wie im Westen.

Marianne

Gute Nacht und schlaft gut, Freunde! Und ich verspreche euch, dass ich in meiner eigenen Haut zu Bett gehe und nicht so tue, als wäre ich jemand anderes, wenn ich morgens aufstehe, oder mir die Lüge erzähle, dass ich ein neuer und besserer Mensch wäre, nur weil ich aufgewacht bin !

Sophie

Haha, das war gut, wenn ich manchmal nachforsche, was ich in meinem nächtlichen Traum dachte, stimme ich voll und ganz zu. Wir müssen unsere Veränderungen nicht erzwingen, sie treten jeden Tag innerhalb weniger Stunden auf.

Marianne

Ausreichende Entfernung, und sie spielen dir nur zwei Sorten Kerle vor. Entweder sie sind der der „Bad Guy", der die Seiten gewechselt beim Schnaps mit der Nachbarin, und jetzt ganz alleine nur für dich da sein will, weil du sein Eis gebrochen hättest, und sie geben zu, dass sie bereit seien Reue zu fühlen, und bitten um die Geduld, sie wollten noch dazu lernen. Oder es sind die Fundamentalisten, die der Familie beweisen sollen, dass sie möglichst bald eine Frau an Land ziehen, damit ist gemeint, eine Frau aus einem anderen Kontext, Land, Sprache, Denkweise, Lebenserfahrung trotz dem, dass sie keinen Partner will, vom Gegenteil zu überzeugen, und ihr dennoch einen bis zum Kotzen Bandwurm artigen Heiratsantrag zu formulieren, den sie nicht mal liest. Sie soll sich vom Geld desjenigen anziehen lassen, eben prompt mal bei ihm ins Land fallen, das heißt erst aus dem Flugzeug raus, dann natürlich vor der Ohnmacht eines großen Landes zusammen brechen, dann würde vielleicht nicht er, aber dann der nächste, vielleicht erst am nächsten Tag auf die Vorstellung kommen, die Frau aus ihrer Pfütze von Armut und Hilflosigkeit empor zu heben, eben aber nur, weil er derjenige ist, den sie dafür auch bezahlen. Sie würde quasi über Funk herbei zitiert, entwurzelt und den Wölfen zum Fraß angeboten.

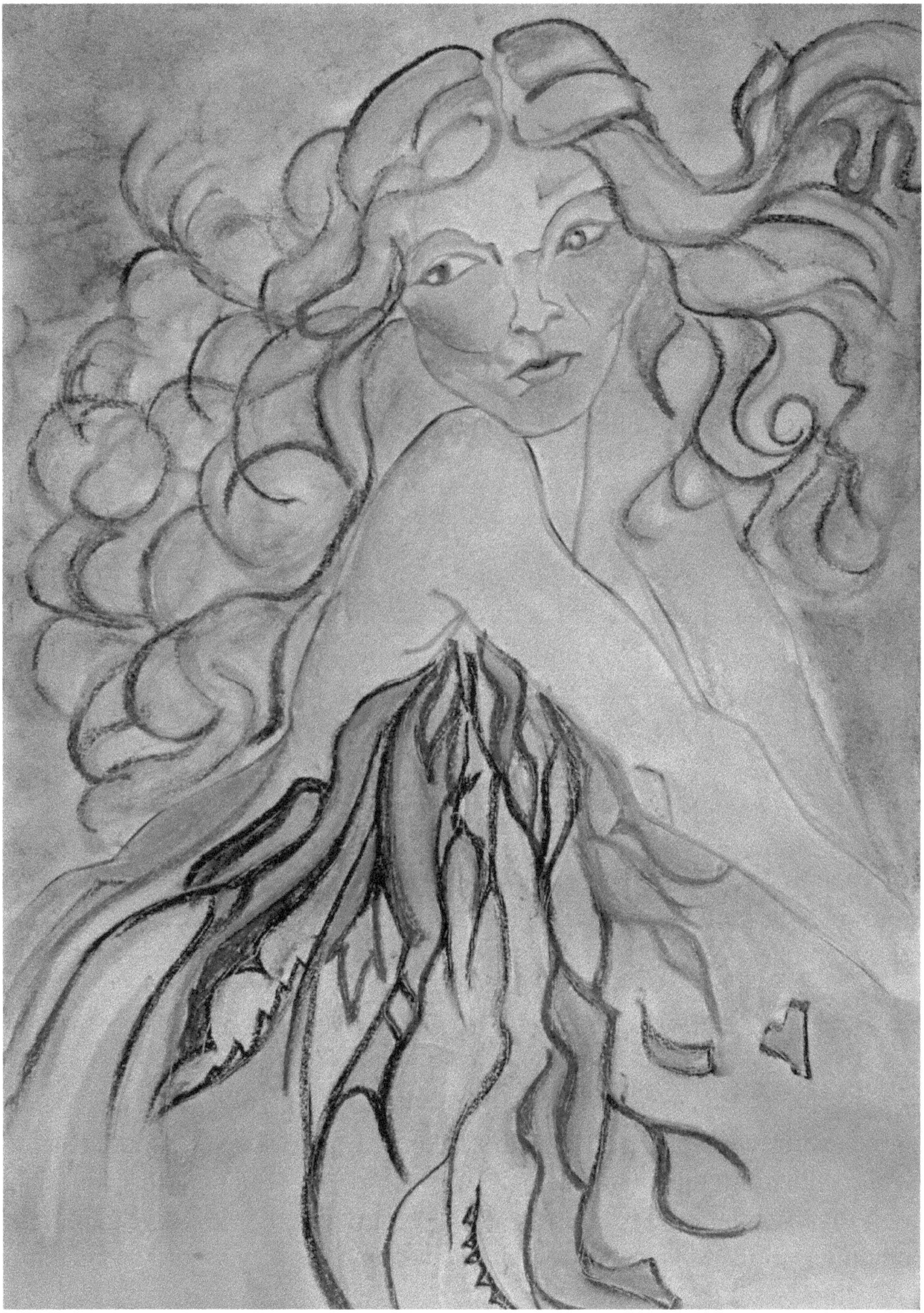

Gordon – Talent im Norden

Am darauf folgenden Vormittag, als Marianne und Tochter Frelsy aneinander gekuschelt erwachen, schlüpft ihr noch ein Restgedanke ins Bewusstsein, sie sagt sich, gut, dass sie sich nicht eine andere Haut zulegen müsste, nur um der Welt zu zeigen, jemand ganz anderes zu sein, oder besonders spezieller als andere, dann hätte sie vor dem Einschlafen immer sehr viel damit zu tun, sich auf ihre Äußerlichkeit zu konzentrieren. Wenn Marianne morgens ihren Schädel spürt, ruft sie Sophie an, sie zu fragen, wie sie die Nacht überstanden hat.

Marianne

Moin, Sophie, oh mir ist der Kopf am Dröhnen, obgleich ich nur drei Glas Wein letzten Abend hatte, mit Pizza, mir scheint, die Leiche aus der alten Beziehung, die ich wie jeder andere mit mir herumtrage, lässt einen wie es allen geht, noch eine Weile damit beschäftigen, wenn auch nur unterbewusst, doch wie es den Anschein macht über Jahre hinweg.

Sophie

Wir lernen alle aus unseren Fehlern. Lass uns den Tag positiv gestalten. Wir können einfach zusammen ans Wasser fahren und da ein bisschen Picknicken und Frelsy da baden lassen, es ist warm genug. Was hälst du davon ?

Marianne

Genau das tun wir, so haben wir vom freien Tag alle wieder einmal Spaß ! Ich hole dich ab in einer Stunde und wir fahren ans übliche Ufer, aber haben keinen Plan wie lange wir bleiben, dort werden nicht viele Leute sein, und wenn außerhalb sind sie oft alle ganz locker und vertragen sich gut. Okay, bis nachher !

Sie kommen an am Ufersaum von Schilf umgeben. Es sind drei vier andere da, aber sie lächeln die drei beim Ankommen freundlich kommentarlos an. Auf einer Decke im Rasen setzen die Freundinnen sich nieder, und Frelsy schließt sofort Freundschaft zu einem jungen Labrador für den sie seinen Ball ins Wasser wirft, damit er los schwimmt ihn zu ihr zurück zu bringen. Einmal wirft sie so schräg weit, dass der Gummiball in einem Flecken hängen bleibt, wo Wasserpflanzen wachsen, so dass nicht mehr zu sichtbar ist, wo der Ball mit seiner Schnur wohl unter der Oberfläche geblieben ist. Gut dass Sophie das sieht, und sie sich schleunigst alle Klamotten vom Leib wirft und ins Wasser watet. Gut fünfzehn Minuten lang kämmt sie die Wasserpflanzen durch, und findet ganz zuletzt den Ball wieder.
Als dann Frelsy auch Lust hat schwimmen zu lernen, und Sophie folgt. Sie kann zwar noch stehen, aber mit Aufforderung schwimmt sie wie ein aufgeregter kleiner Hund direkt auf Sophie zu, sie aufzufangen. Da sie den Boden dort immer noch unter den Füßen spürt, spielt die Kleine weiter mit Ball und Hund, wirft den natürlich noch einmal mitten in die bepflanzte Stelle, sodass Sophie wieder minutenlang nach dem Ball sucht.

Marianne steht einfach noch in ihrer Freizeithose entspannt am Ufer und schaut zu. Da erblickt Frelsy den wirklich großen Mann dort im Wasser stehen, wie er der jungen Schwimmerin zusieht, als sie wieder den Ball zu fassen kriegt, und lachend wirft, dass er mit Schwung dem armen Mann direkt an der Stirn trifft. Der muss aber nur lachen. Sophie muss sich bei ihm entschuldigen, dass so was passiert, wenn man noch nicht so viel Zielwasser getrunken habe, wie es Frelsy tut, doch der Mann ist gnädig, nimmt sich einfach ein Paddelbrett, legt sich rücklings drauf und lässt sich im Gewässer durch die Mittagssonne davon treiben.

Irgendwann ist die Hundebesitzerin nach hause gefahren. Die Drei sind noch ein bisschen am Ufer entlang spaziert, da es abendlich schon orange rot zwischen die Bäume scheint, und Frelsy unbedingt nachhause will, beschließen sie bald den Rückweg anzutreten, der Zipfelmützige müde kleine Racker kann sich aufs Bett freuen. Die Woche zu neuen Fahrten hat noch zwei Tage, bis zum nächsten Wochenende, drum ist Feierabend.

Donnerstag bringt Marianne Sophie in die Grundschule, nachher wird sie von der Nachbarin zum Mittag und zu den Hausaufgaben abgeholt. Dann wird Marianne sie flugs nachhause mitnehmen. So startet eine neue Fahrt. Sie muss in der Altstadt zu einer Gasse jemanden abholen. Ein Mann steigt ein, sein Anblick wirkt gehetzt und gestresst. Sie will sich doch erst vergewissern mit welchem Fahrgast sie hier zu tun hat, und stellt ihm zuvor die Frage, ob es Probleme gibt.

Marianne

Moin, ist das ein Notfall ? Wie steht's ?

Fremder Mann

Ach, keine Sorge. Ich bin nur tierisch in Eile, und lassen sie die Frau da vorne, nicht mit ins Auto, sondern fahren sie bitte gleich los !

Marianne

Dann los einsteigen, wir fahren.

Fremder Mann

Es ist ein bisschen alles durcheinander gelaufen. Ich muss zum Bahnhof, weil ich einen Zug benötige Richtung Kiel. Ich hatte mir da einen üblen Scherz erlaubt, den ich nie wieder gut machen kann. Es ist schade, aber die Frau wird mich nie wieder grüßen wollen.

Marianne geht auf, dass hier die Dinge nicht gut verlaufen sind, aber sie will sich nicht in Dinge anderer Leute einmischen, und fährt mit dem Gast los in Richtung Bahnhof, weil er zu Eile angemahnt hatte. Am Ufer entlang interessiert es sie doch, und fragt nach.

Marianne

Sind sie auf der Flucht, Herrjemine ?

Fremder Mann

Ich heiße Gordon. Es war so. Ich saß bei einer Frau in dieser Gasse ganz spontan beim Kaffee in deren Stube, ohne diese Frau zu kennen. Sie schien aus einem Kokain Deal eine Menge Geld einfach auf ihrem Tisch liegen zu haben. Es juckte mich derart, dass ich ihr das Geld entwand und damit verschwand. Dann begegnete ich einer alten Bekannten in der Straße vor ihrem Haus, und sie erzählte, es sei gerade ihr Geburtstag, so kam ich auf die Idee die gestohlene Menge Geld aus meinem Diebstahl dazu zu verwenden, sie beim Chinesen mit ihrem kleinen Jungen ausgiebig zum Essen einzuladen.

Marianne

Also bist du so pleite, dass du schon Junkies ums Geld betrügst ?

Gordon

Ich bin der Bruder vom Firmensohn, der kürzlich bei einem Autounfall verstorben ist. Mein Vater hat für mich seinen zweiten Sohn keine Verwendung. Ich bin quasi der Verlierer aus der Familie und darf mich nicht in dessen Betrieb blicken lassen. Er versucht zwar einen neuen Firmenvertreter zu finden, aber ich eigne mich nicht für die Geschäftswelt, so sagt er, ich könne seinen familiären Namen nur in den Schmutz ziehen. Also dachte ich, wenn mein Vater den Verlierer in mir sieht, dann soll er ihn auch bekommen. Wenn mir Drogen nichts bedeuten, so bin ich aber als Straßenjunge durchaus bewusst, was man tut, um zu überleben. Es ist wie mit den Lizenzlosen Anwälten, die sich mit Steuerhinterziehung gut auskennen. Die müssen sich auch über Wasser halten, so wie ich. Ich habe keine Lizenz als Sohn meiner Familie zu gelten, also hinterziehe ich andere

Leute um deren Geld, und es tut mir überhaupt nicht leid, weil es ist das Erbe, das mein Herr Vater für mich vorgesehen hat. Ich habe daher geplant, mit meiner derzeitigen neuen Freundin, nach Frankreich in den Süden zu ziehen, und einfach da zu bleiben. Das Mädel hat mir zuliebe mit den Drogen aufgehört, also soll sie auch die Mutter meiner Kinder werden. Wenn sie also nur kurz noch hinter den Gleisen rechts abbiegen, die lange Straße aus dem Ort raus fahren, nach 2 Kilometern ist ein Wohngebiet, wo ich meine Jeannie heute abholen will, dass wir und in die Bahn setzen und dann sind wir sozusagen Ab vom Hof, und die Familie kann uns mal kreuzweise !

Marianne

Es ist zum Kichern, ich platze gleich vor Lachen ! Bonnie und Clyde, deren Leben eher einer Fantasie-Verfilmung glich. Ich möchte mich dahinein nicht einmischen, aber es klingt wirklich lustig. Ich wollte mich als letzter bewertend äußern, das steht mir nicht zu. Ich bin ja auch kein Möchtegern Professor, der sich dauerhaft in den Leinenanzug wichst. Geschichten sind Geschichten, da ist meine keine interessantere als diese. Dagegen ist doch die Nachbar Kaffeeklatsch Tante mit Brownie im Mund und der Hüfte rund, im Vergleich zu dir dem demaskierten Straßenhändler, der sich in jeder Gasse zeigt, und dann für immer verschwindet, ein Witz !

Sie fahren also zur Zukünftigen von Gordon, und Marianne muss sich derart ein Lachen verkneifen.

Marianne

Ich stell mir vor, wie ihr im Süden euer beider Glück bei Null anfangt. Erst lebt ihr im Zelt, dann mit den Kindern zieht ihr in eine Sozialwohnung, dann vielleicht mit dem einen oder anderen Job, werden eure Kinder einfach zu gebürtigen Franzosen, und ich wünsche euch hinsichtlich dessen in den kommenden Jahren ein schönes Leben, ohne eure Verwandtschaft, und rate euch deswegen, wenn möglich nie wieder zurück zu kehren !

Gordon

Wenn du es magst, gib mir deine Adresse, und wenn wir uns angesiedelt haben da unten, und es uns bald besser geht, dann kannst du gerne mal in Südfrankreich in der Provence bei uns in den Bergen Urlaub machen und kannst auch noch jemanden als Gast mitbringen, wenn du willst.

Marianne

Genau so machen wir das. Hier meine Visitenkarte. Ich bin alleinerziehend, das heißt wir ziehen in den nächsten Jahren nicht um, bis das Kind größer wird, sonst stell ich einen Nachsendeantrag. Kannst ja mal schreiben zwischendrin. Ich heiße Marianne übrigens und meine Tochter Frelsy. Du bist anscheinend, der sein Leben damit verteidigt, in dem er fliehen muss, dazu rate ich allerdings auch, der Vater tut dir keineswegs gut, eher das glatte Gegenteil, wo der sich ablegt, wächst wohl kein Gras mehr.

Gordon

Gute Idee, ich war schon mal in den Pyrenäen, deshalb habe ich mir allein schon die Gegend ausgesucht, wo auch andere deutsche Aussteiger wohnen. Ich bin nur noch ein letztes mal zurück gekommen, um meine Jeannie aus ihrem vereinsamten Los zu befreien, gemeinsam schaffen wir das.

Marianne

Gut dann vergiss nicht den Kontakt hier zu uns zu halten. Ich werde mit garantiert keinem anderen darüber sprechen. Dann kommen wir mal auf einen Kurzurlaub vorbei mit der Tochter und vielleicht noch die beste Freundin Sophie.

Gordon

So machen wir das. Tschau !

Der Rest des Tags verlief sich im Sande. Auffällige Fahrgäste nannte sie nur zwei. Erst sollte sie zur Post eine alte Dame nachhause chauffieren. Marianne auf dem Weg zur Poststraße also. Da steht eine ältere Frau, mit demenziellem aufgelösten Blick und wilder langhaarigen Frisur, gestützt auf eine Gehhilfe gleich am Eingang.

Marianne

Moin, waren sie die Person, die ein Taxi braucht ?

Alte Dame

Ja, na klar, was denn sonst ? Ich steh ja hier lange genug.

Marianne hilft der Dame auf den Vordersitz und stellt das Gehgerät auf die Rückbank. Wo wollen Sie denn hin ?

Alte Dame

Ja, wenn Sie mich das so fragen, dann müsste ich auf dem Nachhauseweg auch noch schnell eine Medizin aus der Apotheke abholen, wenn das noch geht.

Marianne

Und in welche Richtung müssen wir ungefähr ?

Alte Dame

Norden, ist doch klar, am Wasserturm, da wohne ich immer schon. Da ist die Apotheke gleich um die Ecke.

Marianne forscht also weiter, ob die Dame vielleicht doch noch ihre Adresse rausrücke, und stellte fest, die Frau ist vom Mundgeruch zu raten auch noch betrunken, und auf der Fahrt dann hält sie sich den Arm fest. Marianne fragt, ob sie sich eine Verletzung zugezogen hat.

Darauf antwortet die Alte Dame

Sagen Sie, das geht sie doch gar nichts an ! Das hatte ich im letzten Jahr, eine Schulterzerrung, tut aber noch sehr weh. Ach, jetzt fällt es mir ein, ich wollte in der Apotheke nach Gelenksalbe fragen.

Marianne

Wenn ich einen Tipp geben kann, selbst viel Spazierengehen, und physiotherapeutische Bewegungsübung hilft da sehr, das Problem in den Griff zu bekommen.

Alte Dame

Physio – was …. ach Sie meinen Krankengymnastik ! Das stimmt. Ach, die Straße, wo ich wohne, heißt Altstadtstraße, wenn Sie mich da dann nachher absetzen bei der Nummer 12, und die Apotheke am Wasserturm, wo ich vorher noch mal Halt machen muss.

Marianne ist nun dessen sicher, die Frau hat gar keine Schmerzen. Es klingt mehr danach, dass man sich das alles von ihr nur interessiert anhören musste, und Besorgnis zeigen sollte. Dann spielt sie das mit. Die Frau hat einen aufgekratzten, kreischenden Wortlaut, und in ihrem Tragbeutel zu Füßen zwei Flaschen Erdbeersekt von Edeka. Sie spricht mit der Dame, so liebenswert und wenig als möglich, um sie nicht zu irritieren. Sie will sie nicht in die Enge drücken, jetzt wo sie weiß, wo es hingehen muss.

Alte Dame

Ist das immer so bei Ihnen ? Ich habe schon auf zwei Taxis gewartet, und Sie sind das dritte Unternehmen, das ich rufe, bis mal einer kommt.

Das ist wie mit der Nachbarin im Haus, mal putzt sie zu viel, mal putzt sie zu wenig, dann reißt sie bei Kälte das Fenster im Flur auf, dann ist mir im Flur so heiß, und sie muss ausgerechnet das Fenster geschlossen halten. Die kann es einem aber auch gar nicht recht machen. Aber was soll ich erwarten, wenn sie von mir für den ganzen Monat putzen für beide mal nur jeweils 5 Euro bekommt. Für sowenig Geld denkt die bestimmt, so kann sie mich noch ärgern ! Und letztens habe ich auf der Rückseite des Gebäudes bei der Treppe zum Keller tatsächlich noch Laub liegen sehen, als würde die nicht selbst drauf kommen, dass das weg muss. Und wenn die dann erst am Abend putzt, wenn alle bei sich abschließen, dann lüftet die auch noch den Flur, man weiß ja nie, wer da abends um die Häuser geht, da gehört die Haustür schon geschlossen ! Ach und die Flurbeleuchtung ist eine Katastrophe, das Licht geht manchmal die ganze Nacht nicht aus, ich habe schon so oft Bescheid gesagt, der Handwerker schert sich einen Dreck drum. Sicher kann der so was gar nicht. Alles Stümper und auf keinen ist Verlass ! Wenn dann mal einer im Flur zu Gange ist wie die Nachbarin beim Putzen, macht das auch einen höllischen Lärm, nicht auszuhalten.
Und die Nachbarin ist nicht mal so freundlich dazu bereit, für alle anderen im Haus bei Bedarf die Bestellungen bei Lieferung für einen anzunehmen. Das ist doch keine Nachbarschaft ! Wer weiß, wer demnächst noch alles in dieses werte Haus kommt, man muss mit dem Schlimmsten rechnen.
Das sind Zeiten wahrlich. Ich war so oft schon beim Vermieter im Büro, die hören einem wenigstens richtig zu.

Marianne fährt vor die Apotheke, wo sie geduldig abwartet, dass diese aufgekratzte alte Dame bekommt, was sie will, lädt sie wieder ein, und bringt sie eilig um die Ecke an ihre Haustür, schaut dann auf die Uhr und sagt sich, sie macht Schluss für heute, würde ihr noch so ein Fahrgast begegnen, das nicht wieder oder sie fährt früher nachhause.

Kurz vor Feierabend dann noch ein Anruf aus der Zentrale. Sie soll vom Tulpenweg jemand einsammeln. Es steht ein ziemlich korrekt gekleideter Mann in den 50'igern in einem ruhigen Wohngebiet.

Marianne

Tach auch, Sie möchten gern wohin ? Sie sind heute ohne fahrbaren Untersatz ?

Sie erkennt den Mann, es ist wirklich der Polizei Chef von der Stadt.

Polizist

Manchmal brennt es woanders, und der aktuelle Wagen muss in eine andere Richtung, meine Ermittlung brachte mich in diese Lage, ich will einfach zurück ins Präsidium schnell bitte.

Marianne

Aber gern, wird erledigt. Wissen Sie ein Polizist als Fahrgast, der wenigstens in der Lage ist alles zu fahren, was vier Räder hat, und zugibt trotzdem mal ein Taxi zu brauchen, ist der angenehmere Gast, als eine Alte Dame, ohne Verstand aber mit tausend Anliegen, und einem Sprachorgan, das keinen Punkt oder ein Komma kennt. Damit ist man schnell für den ganzen Rest des Tags bedient.

Polizist

Diese Leute sind untragbar, aber wir müssen sie aushalten. Wir werden ja auch mal alt. Solange die Energie noch aus ihnen rausgeht, sich über alles zu beschweren, kann man sie noch unter unserer Mitte wähnen. Es wird erst verdächtig, wenn deren Mäuler plötzlich still stehen, wo man die ganzen Jahre den Lärm mit ihnen so gewohnt ist. Aber ich habe Gott sei Dank noch zehn Jahre zu arbeiten, dass ich mich nicht zu deren alten Eisen zählen muss. Es ist dann aber unvermeidbar in den Kreis der Alten zu gehören, und man muss auch dann noch mit den Nachbarn klar kommen können. Sie sind eigentlich ganz liebenswert, nur ein bisschen zerstreut.

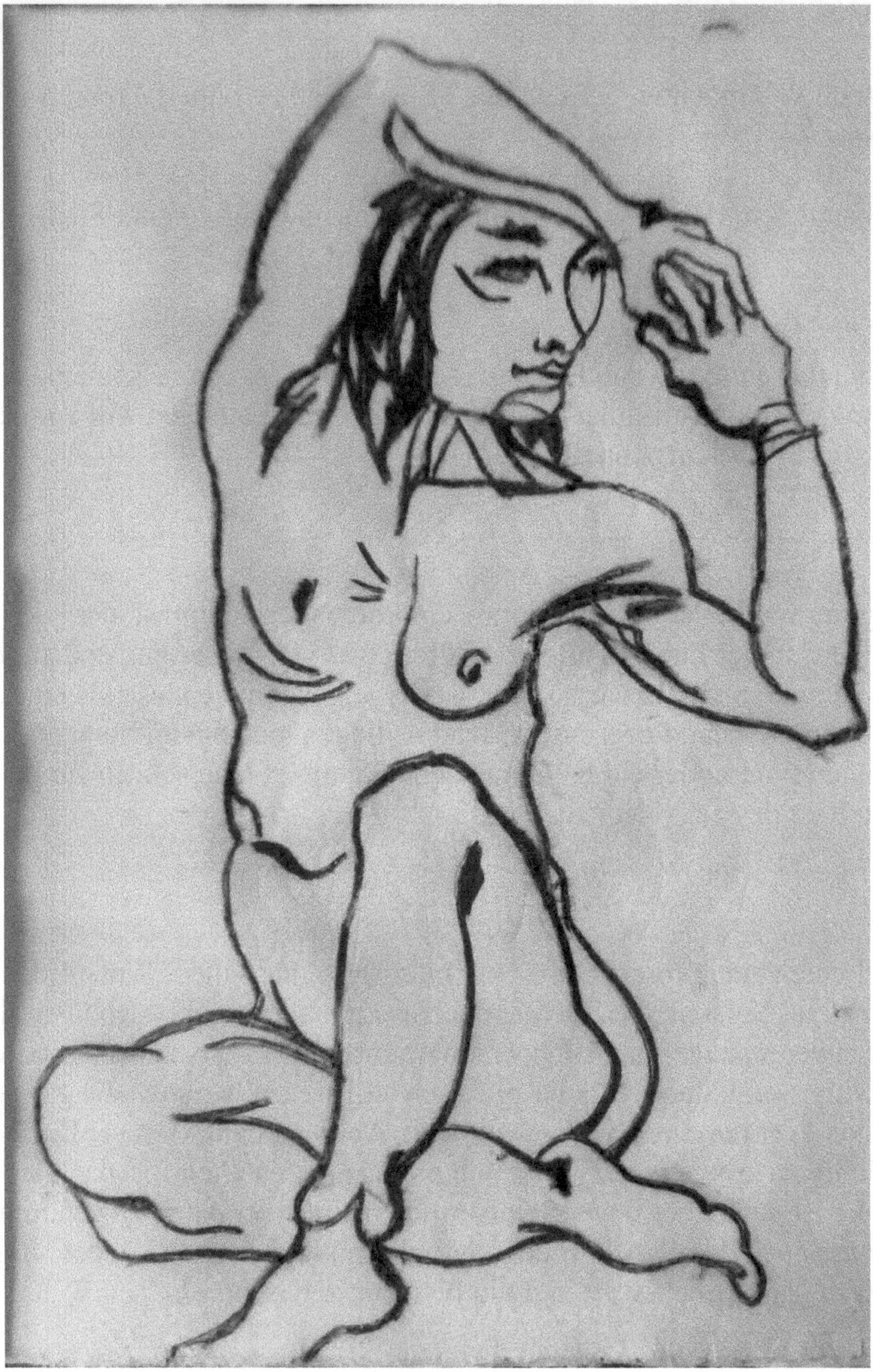

Der Aufbruch

Es brauchte keine fünf Tage, als ein Brief aus Südfrankreich bei Marianne im Briefkasten lag, den sie hoch erfreut öffnete, mit folgendem Inhalt las :

Was hält einen noch hier ?
Ich würde sagen, die kleinen Wunder.
Und schwups geht man wieder in eine andere Richtung.
In dem Bewusstsein, das es kleine Wunder gibt, geht man offener durch den Tag. Ich denke mir, man bekommt im Leben nicht, was man sich wünscht oder erträumt, aber manchmal und nur manchmal ist das, was wir bekommen, wertvoller und schöner als das, was wir uns erträumt haben. Die Kunst ist es dies zu erkennen, und das annehmen und zulassen zu können. Es ist dennoch gefährlich zu sagen, ich müsste unbedingt mein Glück dem Vater entgegen stellen und in der Heimat durchsetzen. Das funktioniert nicht. Ich habe mich schon zu oft an der väterlichen Wand verletzt.

Ich würde sagen, noch kurz bevor ich mit Jeannie ausgewandert war, zum Beispiel, da lerne ich eine Mama kennen, die Taxifahrerin, deren Nachbarin, die Freundin Sophie und die süße kleine. Erstens hat die Frau wesentlich größeres Glück, und sich beruflich durch gesetzt. Ihr stehen erstens Freunde und Nachbarn zur Seite, die ihrem Kind das Beste wollen. Ich finde auch, ein Kind ist ein kleines Wunder. Und je mehr Zeit ich mit den kleinen verbracht hätte, um so verliebter wäre ich gewesen, so wären wir im Land geblieben. Aber Marianne, du siehst es richtig, dass eine Frau sich heutzutage nicht mehr auf die Männer verlassen muss, um gerade Menschen aus den Kindern zu machen, braucht es weit mehr, als nur einen, der vielleicht finanziell dafür auskommt. Die Mutter selbst ist abhängig von einem bleibenden Job, was hierzulande beobachtet wird, nur ein sogenannter Sechser im Lotto zu sein scheint.

Ich habe hier in Frankreich jetzt auch tolle Leute um mich, die ganz kleine Kinder haben. Da hatte ich letztens eine tolle Idee, na ja ich und meine Ideen. Habe meine klassische Gitarre ausgepackt und der Kleinen zum Einschlafen ein paar Stücke gespielt, Junge, hat klein Mädel andächtig gelauscht, das gefiel ihr ja mal richtig gut. Und das sind kleine Wunder. Wir sollten öfter mal mit den Augen von Kindern sehen. Unser ganzes Denken für einen Moment vergessen und einfach nur staunen.

Wie du es als Mutter sagst, endlich hat es mal jemand genauso verstanden, und ganz genauso wie dir begegnen mir heutzutage die jungen Familien mit all deren Babies, wie du es schilderst, Marianne, weil die Kinder so bezaubernd reagieren, so offen für die Welt, spontan, lauthals, mutig, neugierig bis zum Platzen. Sie sind es, all die Kinder, die unsere Welt verzaubern, und alle ALLE daran teilhaben lassen, wenn man sie lässt. Es ist schön, dass du es genauso siehst ! Kinder sind offener für all die Wunder. Wir Erwachsenen sind häufig betriebsblind. Deswegen sagte ich in einer Mail. Erwachsensein, das hatte ich schon, war Kacke. Ich kauf mir ein Dreirad und Straßenmalkreide und fange von vorne an.

Das zeigt, das alles ist längst kein Thema mehr, für allein die Frauen hierzulande, oder die Alleinerziehenden, die in Armut unterdrückt werden, die wollen immer weg. Doch diese Teile der Bevölkerung Besitzlos zu halten, ist ihr einer Beweggrund, zu verhindern, dass quasi die Hälfte aller sofort das Land verlassen hätten, würde es der Geldbeutel hergeben. Dem der es mittlerweile schafft, die Ketten zurück zu lassen und abzuheben, dem gönne ich es mit Auszeichnung ! Drum bereue ich meinen Schritt endgültig gegangen zu sein auf keinen Fall.

Mit freundlichen Grüßen, Gordon

Gute Nacht und schlaft gut, Freunde ! Und ich verspreche euch, dass ich in meiner eigenen Haut zu Bett gehe und nicht so tue, als wäre ich jemand anderes, wenn ich morgens aufstehe, oder mir die Lüge erzähle, dass ich ein neuer und besserer Mensch wäre, nur weil ich aufgewacht bin ! Haha, das war gut, wenn ich manchmal nachforsche, was ich in meinem nächtlichen Traum dachte, stimme ich voll und ganz zu. Wir müssen unsere Veränderungen nicht erzwingen, sie treten jeden Tag innerhalb weniger Stunden auf. Mal wieder ein Tag vor Wochenende, sagt sich Marianne. Noch bevor sie morgens das Haus verlässt, ruft ihre Freundin Sophie an.

Sophie

Moin, Sag mal, so zum Spaß. Was hältst du davon, wenn wir Samstag in der Nachbarstadt Essen gehen und ins Kino gehen ? Irgendjemand käme mit und würde parallel mit Frelsy einen Kinderfilm ansehen, während wir uns „Pretty Woman" anschauen gehen so als Wochen Ausgleich ?

Marianne

Kurz und gut. Du hast völlig recht. Wir machen uns ein wildes Wochenende in der anderen Stadt, und die Kleine ist dabei, damit sie auch was von uns hat. Es fehlte gerade noch, dass ich mich zur Müllschlucker Tante für die Straße nennen ließ. Das können die erledigen, die mit dem roten Käppchen nur drauf aus sind Mörder aus der Forensik zu ehelichen, da hab ich mir gedacht, da hättst du eh nix von als Frau ! Bleiben wir bei des Schuster' s Leisten. Es gibt schließlich auch das eigene Leben. Hebe deinen Kopf, deine Feinde beobachten dich, mein Freund. Am Ende bleibst du nur noch du selbst, also pass auf dich auf.....!

Sophie

Die Zeit heilt nicht alles ! Es ist nur so, man mit der Zeit lernt, den Schmerz zu ertragen. Die schlichte Wahrheit ist, der Planet keine erfolgreicheren Menschen braucht, doch es braucht dringend mehr Friedensstifter.

Marianne

...Die Zeit heilt alles... Aber!...Die Hälfte der Aussage ist wahr und die andere Hälfte ist falsch. Es gab Tage, da wünschte ich mir, dass mich jemand unterstützen würde, und sei es nur aus Höflichkeit. Dies sind die gleichen Tage, die mich gelehrt haben, alleine aufrecht zu stehen.

Sie geht aus dem Haus. Dann halbe Stunde später ist sie wieder auf der Piste. Ein Kerl in Anzug und Krawatte aber mit Gitarre in der Hand will vom Bahnhof abgeholt werden. Er dann also beschwingt winkt dem Taxi und steckt Marianne gleich beim Einsteigen seine Visitenkarte in die Hand. Darauf die einladenden Worte in englisch :

I am that one,
caring for my emotion.
I am that one treating my garden well.

Ich bin derjenige, der sich um meine Emotionen kümmert.
Ich bin derjenige, der meinen Garten gut behandelt.

Musiker

Moin Moin, wie schön so schnell ein Taxi zu bekommen. So fühle ich mich hier doch richtig willkommen nach der Fahrt mit dem langweiligen Zug, und je schneller man von dem verrotteten Bahnhof weg kommt, umso besser, sonst kommt man noch auf die Idee an dieser Stadt lieber vorbei fahren zu müssen.

Marianne

Natürlich, willkommen in meiner bescheidenen Stadt. Gibt es einen Auftritt von ihnen am Samstag Abend ?

Musiker

Ja, ich möchte meinen, es ist auch ein kulturelles Event, zu dem man mich gelotst hat, zum Fest im Norden. Wird ein langer Sommer Abend werden. Aber erst mal brauch ich eine Bleibe, ich hab da von einem winzig kleinen schrulligen Hotel nah bei der Stadt gehört, das nur aus zwei Zimmern besteht, ein richtig schräger Platz für mich für das Wochenende zu bleiben.

Marianne

Ich weiß, das Hotel ist sogar ganz nah von hier, ich bring Sie da vorbei. Wie war die Fahrt ?

Musiker

Echt jetzt, hätte nicht geglaubt, dass mich jemand danach fragt. Hatte ein Zusammentreffen mit einem hemdsärmeligen, verschwitzten, dicken älteren Herren im Zug, der sich groß auftat, als ich mir verbat, dass er mich im Vorbei einfach anrempelte und es ihm völlig gleichgültig war. Gerade vor sehr dummen und unfreundlichen Leuten habe ich nicht die aller geringste Angst mich zu wehren. Der drehte sich also zu mir um, machte dicke Arme, und wollte mir androhen, „Halt du besser die Schnauze, oder ich mache dir Probleme !" Welche, die andere feige einschüchtern, sind auch welche, die die Freundlichkeit in der Nachbarschaft nicht besitzen, die nicht lernten davon abzurücken, einzelne Passanten nicht zu bedrohen. Dem hab ich vor allen anderen Mitfahrern noch lauter werdend die Meinung gezeigt, mit der Gitarre in der Hand sozusagen.

Marianne

Das, liebe Leute, üben fette, alte, dumme Säcke !
EINSCHÜCHTERN, UNFREUNDLICHKEIT, BEDROHEN
Das hindert jene nicht sich auch so von hinten an Frauen ranzumachen.
Wir kennen das auch in unserem Ort. Die sind sehr feige.

Musiker

Nichts ist es wert,
Ihre Lieblingsbeschäftigungen in harte Lektionen umzuwandeln !
Niemand nennt ein Kind hilflos. Keine Familie nennt eine Person verlassen.
Kein Hasser nennt eine gute Person böse.
Aber die Zahl „Elf" wird euch das alle lehren !

Marianne

Klingt sehr poetisch. Es ist immer so. Man weiß nie, wenn es einem noch so gut geht, und man mit der Welt in völligem Einklang das Haus verlässt, was passiert, dass dieser totale Friede von dummen Leuten jäh zerrissen ist.
Die Erleuchtende Erfahrung im Gegensatz zu einer Konfrontation. Jedem ist dazu geraten, sich emotional zu fangen, auch wenn man unverschämten Leuten auf einen unverhofften Moment hin verbal die Leviten liest !
Danach muss man wieder an der inneren Balance arbeiten. Man will schließlich nicht so werden wie sie.

Musiker

Ich muss noch irgendwie an die Luft, um mich zu beruhigen !

Marianne

Die Schlüssel zu den Herzen haben keine anderen Kopien … Wenn Sie es verlieren, wissen Sie, dass es geschlossen bleibt. Für immer in deinem Gesicht... Ich bin es, der nach jedem Sturz aufsteht und aufsteht, als wäre es das... Ich fordere das Leben, die Umstände und die Verzweiflung heraus.
Wir sind angekommen. Das ist ihr Hotel. Lassen Sie ruhig noch ein paar Stunden Ruhe einkehren, oder gehen sie ans Wasser und genießen es draußen im Grünen vor dem Trubel. Dann haben Sie mehr vom Wochenende gehabt. Das mit der schlechten Laune anderer in unserer Leben, das muss nicht sein !

Marianne macht noch ein paar Fuhren, die sich beim warmen Wetter als
lähmend lang hinziehen. Dann ist der Nachmittag eingeläutet.
Auf direktem Weg von der Nachbarin nachhause, und auf Sophie warten.
Sie steckt Frelsy schnell in die Wanne, duscht beiseite und legt ihr schönstes
Parfüm auf, als sie schon an der Tür steht, mit Rosinenbrötchen in der Tüte.

Marianne

Komm rein, Liebes. Das ist prima, erst setzen wir uns hier beisammen und
ich mach der kleinen Frelsy einen warmen Kakao, und wir haben Kaffee
dazu, denn ins Wochenende müssen wir schließlich nichts überstürzen ! Ich
hatte gerade einen super netten Musiker im Taxi. Der wird den Touristen vor
Ort im Nordenfest mal richtig schön einheizen, denn ich sehe, die gute
Laune für' n Krach hat er definitiv mit gebracht, um gegen die Hitze des
Tags mit Musikalität den Schotten die Motten beizubringen !

Sophie

Hab, da du es gerade sagst, kürzlich einen Besucher bei mir gehabt, der
seine Gitarre bei der Fundgrube aufgabelte, und sagte, ich könne sie ja
behalten, oder sogar mir selbst was drauf beibringen, wenn ich wollte.
Hätte ich jetzt musikalisches Talent, würde ich glatt selbst einen Gig
machen, weil es gut läuft, es gäbe richtig Grund für gute Laune, weil ich
hatte dir doch mal diese psychopathische Frau aus der Ferne gezeigt.
Erinnerst du dich noch an das „Tier", der Frau mit den blauen Haaren am
Ende der Straße, die ihren Hund auf alle kleinen Hunde hetzte, aber zur
besten Nachricht des Tages, sie ist erst kürzlich wieder ausgezogen.

Marianne

Läuft echt gut, sie hat dann wohl rechtzeitig verstanden, dass eine wie sie
auf diese Weise in eurer Straße keine Freunde machen würde !

Sophie

Ich habe mich letztendlich mit den Nachbarn kurz geschlossen, dass solche seltsamen, untragbaren, häuslichen Mitbewohner ihr letztes Stündchen geschlagen haben, wenn das wieder vorkommt. Es ist an allen Orten schließlich nur solange ein Thema, sich mit denen mies und runter gemacht zu fühlen, bis man in aller Öffentlichkeit darüber spricht, sich die Szene vor Ort genaustens besieht, und die Stimmen laut werden lässt. Dass ordentliche Mieter in einem normalen Wohnhaus sich auch zur Wehr setzen, ist neuerdings gefordert, denn Anzeigen lohnen nicht. So kann man auch dummen Leuten nicht mit gerichtlicher Vorladung aufgrund intellektuellen Briefen Druck machen. Sie sind gar nicht in der Lage Briefe, die an sie gerichtet würden, zu verstehen, sondern hielten es noch für die Aufforderung jetzt erst recht in quälender Weise Leute zu belästigen oder sadistisch, cholerisch hoch zu fahren, weil sie gut formulierte Worte missverstehen. So unterrichten einen die Anwälte zu diesem Thema. Das ist alles ein bisschen dünn, denn nur, weil jemand ein ausgemachtes Arschloch zum besten gibt, kann ein Vermieter ihnen nicht gleich kündigen.

Marianne

Sieht man mal wieder, dass Frauen die gleichen großen Arschlöcher sind wie die Kerle, noch perfider, noch feiger, noch subtiler, weil sie krank sind. Nicht mal ein Zuhälter hätte seine Verwendung für solch eine Klientel. Die will einfach niemand. Haben sie meinetwegen ihre eigene Geschichte aus ihrer Vergangenheit, wer muss sie kennen ? Ich für meinen Teil, muss sie nicht kennenlernen, wenn mich jedes andere kleine Wunder, mein Kind, die Blumen und die Gerüche der Natur weit sonniger anlachen tut.

Sophie

Gut wenn ich jetzt noch keine Gesangseinlage dazu hätte, und keinen Unterricht in klassischer Gitarre, bleibt sie erst mal bei mir stehen. Was nicht ist, kann ja noch werden. Aber in Sachen Wortwahl bin ich versiert.

Ich habe mir gerade einen reifen Gedanken zu Prostitution gemacht.
Ich hab den Text schriftlich. Willst du ihn hören ?

Marianne

Ohh, ja, lass uns von brauchbaren Themen reden. Ich will hören, was die talentierte Poetin heute wieder hervor gebracht hat, leg los, meine Liebe ! Kaffee mit Milch ?

Sophie

Die Familie hat immer einen auf dem Klo sitzen.
Einer muss es sein. Es bin ich nicht, die einarmig auf der Bühne umfiel.
Ein Ferienhaus auf der Insel ist verflogen. Es ist ihr Wille nicht.
Eine Mutter wie mich samt Kinde einzuladen.
Ein Fest in der Familie, das nicht ist.
Erst würde eine Tante aus den Wolken fallen.
Einer Schwester in Scham begegnen für Übermut.
Ernsthaft wollt keiner ihr begegnen. DER FAMILIE auf IHREM FEST !

Nimm's einfach.

Ich glaube, die Prostitution gibt es nur, als Blaupause hinzu sozusagen,
weil es dicke Tanten gibt, mit Perlen um den Hals,
den Choleriker im Gepäck,
die Untergebene schikaniert,
die höchsten Sex per Annonce abverlangt,
die zu spät gekommen war,
die jeder Auszubildenden in die Nase beißt,
die Unterordnung abverlangt,
die schleunigst Leute entlässt,
die im Auftrag für die Romanze dient,
die daraus gut Geld verdient,
die andere schön machen lässt, und ihrem Pudel stets Wasser bietet.

Alle wollen Jungfrauen sein.
Alle Alten wollen jung bleiben.
Alle befürchten frigide Tendenzen.
Alle wollen Alles gern umsonst.
Alle scheuen sich vor der Jugend.
Alle halten Faulheit für unromantisch.
Alle besorgen es nur sich selbst.
Alle befürchten allein ihre Dekadenz.
Alle halten die Aussage
kompetenter Leute für Konkurrenz.

Die Frau steht vor dem Gigolo,
er meint, es ist normal, das erste mal,
wir stehen beide hier, und sind nervös,
wir wissen beide nicht, ob es geht,
wir werden sie immer "erste Kundin" nennen,
und jede wird eine "Pretty Woman", hihi
was die Geschäftsfrau von heute betrifft,
sieht er das total spontan und relaxed.

Marianne

Das ist unbeschreiblich schön und weiblich, fundamental talentiert, Sophie !
Der Feind wird irgendwann zum Freund, wenn er kommt dich wieder zu
umarmen. Die Sprache wird dir zum Freund, wenn dir die Alten in Träumen
wieder begegnen. Die Weisheit wird dir zum Studium, im Wissen, niemals
auszulernen. Die Mutter, die keine Worte für dich fand, wird dir diejenige
eine Neue in deinem Herzen sein. Der falsche Student, wird dich nicht
verstehen, aber er träufelt dir seine Tropfen ins Glas.

Sophie

Während ich fast anfing, wirklich negative Gedanken zu hegen, mich zu
schützen und die wahre Seite des Lebens zu verstehen, nicht umzudenken

oder den Verstand zu benutzen, bekam ich gestern zuhause wieder Besuch von einem großen, jungen und wunderschönen Schmetterling. Die ersten Einhörner, die ich kennenlernte, nenne ich die Töchter meiner befreundeten alleinerziehenden Mütter, sie reagieren tolerant und vertrauensvoll, ihre Töchter meine ersten beiden Einhörner. So wie Du und deine fantastische kleine Frelsy eines ist !

Marianne

Gut so. Ich schlag vor, wir nehmen zum Kino Ausflug einfach die nette Nachbarin, die Frelsy zu sich nimmt, mit in die nächste Stadt, gehen dann alle gemeinsam Filme gucken, und laden sie zur Feier des Tages zum Essen beim Thailänder ein. Ist das okay für dich ?

Sophie

Auf alle Fälle, wenn sie so spontan mit kommt, lass uns dann los sie fragen. Deshalb ist es besser, immer positiv zu denken und nicht andere mit Negativität zu quälen und Menschen bis aufs Blut zu verurteilen, wenn doch Verluste eintreten. Du stehst für die Freiheit, die Älteren, Du stehst für Wasser und Leben rundherum! Ich bin nur bereit, ein exaktes, erkennbares Wesen zu wählen. Niemand wird mich in eine andere innere Haltung bringen. Ich kämpfe FÜR den Wert, für den Du stehst ! Du bist für mich der Freund, der das wahre Leben weiterbringt !

Marianne, Sophie, Frelsy und Gudrun, die Nachbarin fahren bald danach los in ein ruhiges Wochenende mit Ausflug, allein schon, um dem Sommer Trubel, den Tourismus Rummel, und die vielen bekannten Leute der Stadt hinter sich zu lassen, Arbeit zu vergessen, und in ein unbekanntes Territorium vorzustoßen. Es sich einfach gut gehen zu lassen.

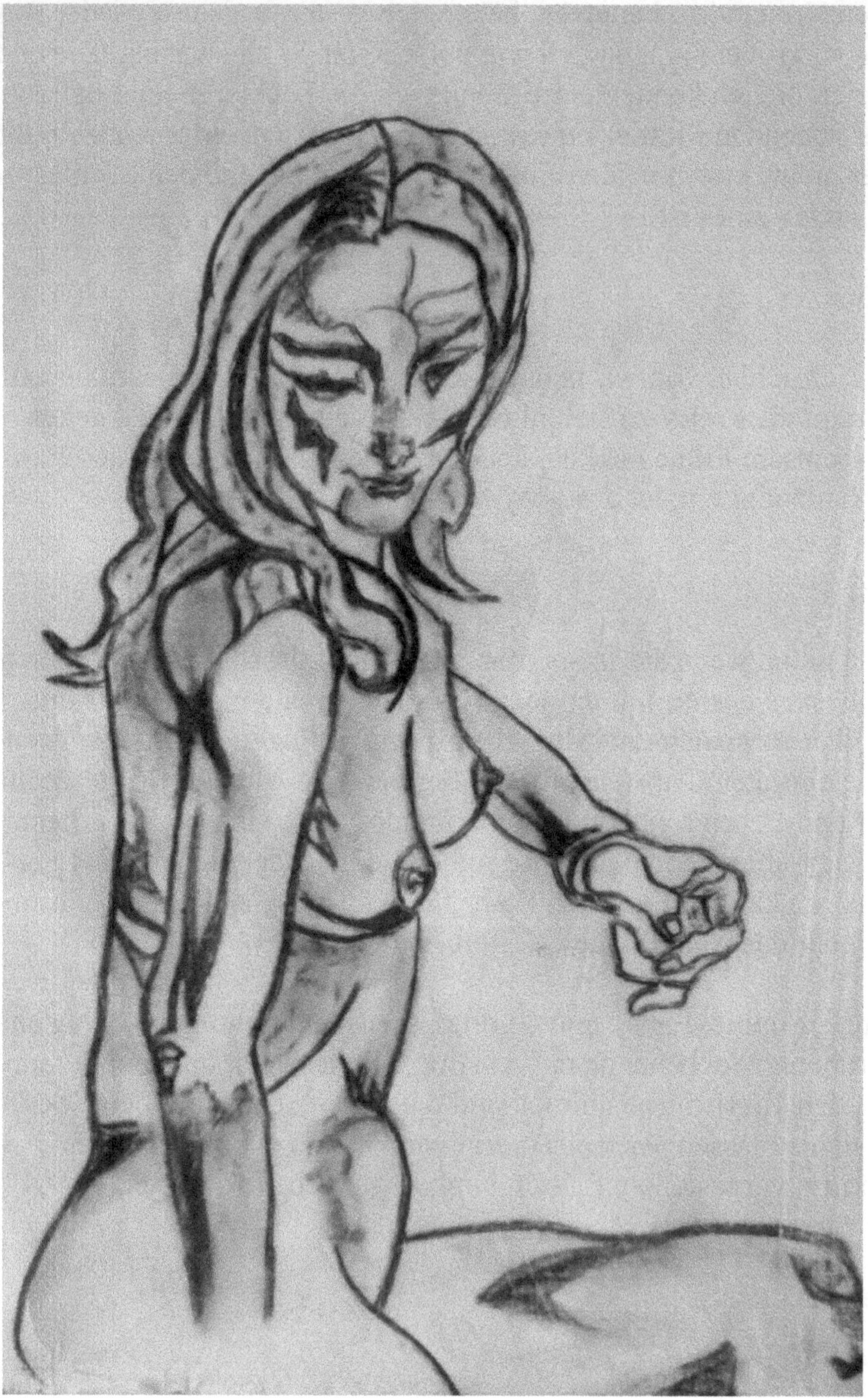

Lachen - Tränen

Marianne fährt schon ein halbes Jahr Taxi, routiniert kennt sie die meisten Fahrten der Leute, aus dem Ort und Umgebung. Manchmal stechen die Begegnungen aus den normalen heraus. Mal ist sie die Mama, die aus ihr spricht. Doch die meisten Fahrten laufen kommentarlos ab, sie kann dann schon im voraus den Feierabend planen und über die Einkäufe nachdenken. Sie muss sich nicht immer über andere Leute den Kopf machen, sollen sie das mal ruhig selber. Es ist ihr noch niemand so auf sie zu gegangen, dass sie den oder die für größer empfand als der Eiffelturm, und schon wenn ihr Leute wieder den Rücken kehrten, war sie bald woanders, und am Ende ihrer Schicht sehnt sie sich nach dem Bett mit Frelsy kurz vor dem Einschlafen ihrer Kleinen. Sie ist so ergriffen von den vielen Momenten, in denen die Tochter ihre ganze Aufmerksamkeit darauf lenkt, ihr die Liebe des ganzen Herzen zu widmen, nur weil ihre Mama ihr auch die Zuwendung gibt, sie streichelt, wäscht und füttert, das beruht alles auf gegenseitiges Vertrauen, was nur mit äußerer Gewalt getrennt werden könnte.

Das ist gut zu erkennen bei anderen Familien, wie stark zwischen ihnen das Band des Vertrauens vorhanden ist, was nicht unbedingt in Worten beteuert wird, aber anzuerkennen geht.

Unsinn hat es genug, es kommt auf, wenn ein Kind sich gelangweilt fühlt, dass es die Grenzen austestet, aber auch da müssen sie alle durch. Einem kleinen Hund hat man das auch hundertmal und wieder von vorne anzuerziehen, dass er sich an die Regeln hält. Wiederholen ist nicht Aufgehoben, und eines Tags ist selbst dein Kind wieder davon überzeugt, dass du ihm mit wahren Worten kommst, und es immer ehrlich meinst. Universum zu wenig, um abzumessen, wie groß die Liebe zur Mama sein kann, doch muss sie auch keiner Mutter bewiesen werden, sonst ist die gute Frau von Größenwahn betroffen, und Seelenlos auf Anerkennung aus, die keiner sich umsonst verdient.

Gott, davon ist nichts übrig, wenn man bedenkt, wer sich zeitlebens in dieser Gesellschaft Arme und Beine verrenkt, nur um mit einer körperlichen oder jede welcher noch so leichten Behinderung überhaupt als gleichwertig angesehen zu werden. Man sollte schon mit den Mitmenschen so verfahren, dass man sie spüren lässt, als vertraue man ihnen, aber man tut es nicht. Die besten Freunde, die einem in den Rücken fallen wollen, beweisen es. Gut sind nicht alle, sagt sich Marianne. Bäume schenken lebensspendenden Atem für die Lebewesen. Aber es gibt keinen Teil der Natur im komplexen Sinn gesehen, der ein Nachsehen mit dem kleinen Menschen im Einzelnen hat, weil wir nur der Teil der Lebenden auf Erden sind, die keinen großen Beitrag zur Gesundung eines Planeten beiträgt, sondern eher das Gegenteil. Wofür hätte eine große runde Erde uns Menschen zu danken ?

Die Hoffnung birgt, dass nicht jeder der Millionen unserer Spezies nur das A-Loch an sich wähnt. Marianne denkt, der Einzelne aber habe nichts zu bieten außer Lachen, das schwappt über und stellenweise selbst im Ruhezustand, vor Humor dann berstend implodierend, oder auch weniger dann als Wasserfall, denn wenn das, dann fallen zum Lachen die Tränen also Sinn hat die Welt in ihren Augen KEINE !

Wenn Marianne solchen Vögel unter Männern begegnet, die einfach zu verstehen waren, dann auch solche, die sich der Freiheit verschrieben haben, mit denen ein Land nichts mehr anfängt, da sie am Ende alle das Land verlassen haben. Es sei denn, ihre finanzielle Lage zwingt sie wieder zurück zu kehren, aber nicht aus solidarischen Gründen. Diese Leute haben ihre Heimat und alle darin lebenden Leute, sich selbst überlassen, und ihnen den Rücken zu gekehrt. Kommt so einer dann wieder an gekrochen, werden die wenigsten ein Verständnis dafür entwickeln, dass man so plötzliches Interesse zeigt und um Unterstützung bittet. Selbst Leute, die für eine hohe Karriere alles verlassen, stehen eines Tags an dem Punkt, dass sie nicht mehr willkommen sind, wenn ihnen im Reichen Dasein die Decke auf den Kopf fällt und sie Nestwärme suchen, selbst betteln darum, endlich geliebt zu werden, und doch menschlich nichts mit ihnen anzufangen geht, als nur die Löhne ihrer Angestellten formal auszuzahlen und einsam zu darben.

Tun Sie so, als würden Sie den Menschen vertrauen, aber das tun Sie nicht. Alle Vögel haben ein Zuhause zum Schlafen, mit Ausnahme der Vögel, die Freiheit praktizieren. Sie sterben außerhalb ihrer Heimat. Und wenn Sie aufwachen, stellen Sie fest, dass Ihr Geist lacht, Ihr Herz weint und Ihre Seele verloren ist ...!

Etwas tut mir weh, das ich nicht kenne. Und vielleicht weiß ich es, aber ich liebe es. Sei nett zu mir, Leben.

Marianne geht eine Runde um die Häuser, um die Gedanken zu beruhigen. Im Dunkeln geht ein Paar vor ihr, sie vermutet, es seien zwei Männer oder eine Frau, als die laut aufschrie, und sie erkannte ein Liebespaar, ihr Mann machte einen Witz. Dann, als Marianne weiterging, scherzt sie, dass sie nur harmlos sei, und sie sagt, dass Liebende normalerweise auch harmlos seien, so gut es jeden Tag besser würde.

Marianne

Auf diese Weise ticke ich nicht wie ein hartnäckiger Konservativer, der sein tägliches Motto hat, jeden Tag ein besserer Mensch zu werden. Aber ich bin mir dessen bewusst und lasse diese Leute glauben, dass ich ihnen allen vertraue, aber das tue ich nicht. So wie ich als erwachsenes Wesen weiß, dass ich den anderen nicht vertraue, dass ich für sie kein besserer Mensch sein muss. Das ist sicher die große Illusion des Vertrauens, nur weil man sagt, dass es so ist, dass man sagt, dass es sicher ist. Haha, niemals so, es ist ein Sprichwort der Red Flags, alles in allem Lügner, Feiglinge und Heuchelei, während sie sagen: „Vertraue dir, halten sie aber die Faust in der Tasche und zählen, ob das Geld noch da ist, nein, zuerst ist das Geld sicher, sie alle wissen, dass Passanten sie töten würden, wenn sie wüssten, dass da welches in der Hose wäre, lustiges Bild, diese reichen Kumpels und Weiber, mit Verlust in der Hose, aber in der Tasche ordentliche Dollars. Ausgleich: je weniger Sex, desto größer die Geldbörse.

Das Pärchen

Es macht allerdings mehr Spaß, mit dem eigenen Geschlecht zu spielen. Das Geld reagiert nicht auf dieselbe Weise. Einfach nur kindischer Spaß, ach, man weiß ja nie, wenn die Leute genug Geld haben, könnten sie alle hundert Kicks und Trigger und Fetische füttern, aber es klingt ein bisschen krank, die Kicks und Trigger mit Geld zu füttern, als wären die Leute ein automatischer, Sex auslösender Roboter.

Marianne

Manche sind das fast, aber das wissen Sie ja schon. Mit Kicks und Triggern gefüttert, werden sie fetter und gieriger, fast alle psychischen Probleme machen sie fett, und ich frage mich immer noch, wie die Jugendlichen so fett werden.

Im Stillen denkt sich Marianne... Zeit, sich auszuruhen und ein wenig zu entspannen. Man sieht den ganzen Tag arme Menschen auf der Straße und an jeder Ecke Kranke, gedankenlose Alte, die auf der Straße herum trotten, und grausame, wilde Nachbarn, die das Privileg haben zu arbeiten, die Kampfhunde an der Leine kranker Süchtiger. Sie sieht die Tendenz zur Bildung, die schlechteren Lehrer, die miesen Schulen, die schlechte Ausstattung, die Drogen auf dem Spielplatz, die legalisierten Drogen, das beschissene Smartphone, die geringere Konzentrationsfähigkeit, die Eltern, die es ignorieren, ihren Kindern zukünftige Fähigkeiten beizubringen, die Eltern, die die gesamte Bildung einigen wenigen Pädagogen überlassen, die geringere Disziplin, dem Unterricht zu folgen, den geringeren Respekt und die Gereiztheit von allen Seiten, den Lärm in der Schule, die Tyrannen, den Wettbewerb, besser zu sein. All dies lässt sie gierig werden und sie wollen immer mehr und arbeiten nicht einen einzigen Tag. Wenn das so weitergeht, geht der ehrenwerte Gedanke der Gewaltlosigkeit verloren, das Bewusstsein, aufzuhören, statt noch mehr Schaden anzurichten, die Solidarität unter den Menschen wird geringer, das Gewissen gegenüber allem Bösen wird verschwinden.

Lobhudelei überspielt, dass du ihnen in Wahrheit überhaupt nichts, im gemeinen Sinn gar nichts wert bist, du würdest an denen nur Schaden nehmen, und zwar den erwünscht Allergrößten Schaden.

Marianne sitzt an ihrem Frühstückstisch eines Sonntag Morgens, klein Frelsy mit sich allein beschäftigt, als die Nachbarfreundin Gudrun auf einen Kaffee vorbei sieht, die ihre Tochter öfter bei sich aufnimmt.

Gudrun

Hallole, Ihr beiden ! Ich wollt nicht lange stören, nur auf einen kleinen Plausch und dann bin ich wieder weg.

Marianne

Du guter Freund und auch Lauch, den du mit mir nie gebrauchst ! Derlei Freunde, die nichts miteinander teilen im Leben, auf die kann man verzichten, also komm gern rein, meine Liebe ! Wir können ja schnell ein paar Brötchen aufbacken, Belag ist ausreichend da, setz' Dich her.

Gudrun sitzt und schweigt erst, dann schüttelt sie sich, und ein Fass von Tränen schwappt über den Frühstückskaffee, sie versucht sich krampfhaft zurück zu halten, aber etwas scheint nicht in Ordnung zu sein.

Gudrun

Ach, ich weiß nicht, was das alles bedeutet, jetzt weine ich schon ganze zwei Stunden wie ein Schlosshund, nur weil mich dieser Kerl runter geputzt hat, wie einen Spieß förmlich in die Erde gerammt. Dem ist gerade völlig egal, ob ich mich dabei vor den Zug werfe, oder nicht. Ich glaube, soweit kann der nicht mal denken, was der bei einer Frau alles anrichtet. Wir sind doch nicht mehr in dem Alter, dass man mit einer wie mir so umspringt.

Marianne

Du hattest aber eine Kindheit, besinn Dich, du bist mir gegenüber immer offen gewesen, und ich kenne die ganze Geschichte, wie du aufgewachsen bist. Wenn Du dich mal eben zusammenreißt. Das sollte heißen, deinem inneren Kind begegnen, und erkennen, das Du jetzt erwachsen bist. Sitzengelassen und noch schwanger wie bei mir besagt auch, noch verliebt, aber vielleicht ist es auch besser ohne Kinder mit dem Verkehrten zum Mann. Ich aber habe mich für Kinder entschieden, aber ohne den Mann. Wer rechnet, den überfallen keine unsinnigen Gefühle. Also denke jetzt mal wieder ganz nüchtern nach und fasse Dich am Schopf, dass kein Mann es wert ist, eine Frau so zu behandeln ! Ist das klar ? Das hat mit Alter nichts zu tun, die Schweine sind immer die selben.

Gudrun schluckte auf, es brauchte Sekunden, bis sie sich nicht mehr in Tränen schüttelte, sondern aus dem Inneren ein aufwärts gehende Ruck sich durchfuhr, der ihr den paradoxen Moment wahr werden ließ, all die Hitze in ihr, ihr Beben, ihre Liebe, die Wut, empört gluckste sie auf, schluckte wieder und ein Lachen wollte in ihr hoch, dass es ihr fast den Schädel sprengte, und sie hielt einen Moment still und dann lächelte sie über ihr ganzes Gesicht. Eine Urgewalt an Erfahrung in nur drei Sekunden.

Dann nahm sie das Handy zur Hand, wählte die Nummer ihres Verflossenen, und raunzte ihm völlig gefasst und vernünftig entgegen :

ALLES GUTE ZUM GEBURTSTAG, FREUND! HALTE DEN BALL FLACH ! Ich habe schon zweimal von jemandem wie dir geträumt. Letzte Nacht aber auch. Ich hab geträumt, dass die Leute in der Stadt, die sich als die Vornehmsten, Wikinger Insider, Alteingesessenen, Angesehenen, am Integrierten Hebel stehen sehen .... in Wahrheit ein Haufen dummer Leute sind, die Angeber der Stadt, die im Hintergrund betrachtet so sehr von sich eingenommen, als würden alle ihnen dienen müssen, und die nur als faule feine Leute, ihre Zeit in Muse verbringen, langweilig zurück gezogen nicht mal deren Mahlzeit zubereiten, weil sie sich das Essen von "Essen auf

Rädern" von anderen bringen ließen. HAHAHA in der Tat, sie gehen auch mit Taxi los zu allen Restaurants..... zum "Essen auf Rädern" !
Das ich nicht lache !! Weißt Du, ich sitze gerade bei so einer Freundin, die Taxifahrerin ist, die kann auch über Leute wie dich ein Liedchen singen, sie kennt ja genug hier im Ort, die sie chauffiert. Ich sag dir jetzt nur das Eine. Du kannst dir von einer anderen das Essen kochen lassen, packst jetzt dein bisschen Habe in den Sack, und siehst dass du raus bist, bis ich in einer Stunde wieder zuhause bin. Kannst dir dann einfach wie es Dir wohl fällt, eine neue Blechbüchse zum Knallen suchen, hast da auf der Straße bestimmt genug aus deinen alten Zeiten, die Mitleid mit Dir hat, und dann planst du die nächsten Wochen oder Monate einfach eine neue Klientel auszubeuten. Wenn ich Dich nachher noch bei mir sehe, hole ich die Nachbarn, und fliegst Du vor aller Augen, mach Dich drauf gefasst !"

Marianne lächelt, während Gudrun Sieges sicher einen Kaffee nachschenkt mit viel Milch und Zucker. Dann schnappen sich beide Mehl und Zutaten in die große Schüssel und kneten einen großen Brötchenteig, weil frische Brötchen noch weit besser schmecken, als Aufgebackene in diesem Fall, und Gudrun weiß kraftvoll den Teig zu kneten, das müssten die besten Brötchen aller Zeiten sein ! Einfach kneten, gehen lassen, kneten und in den Ofen schieben. Dann sitzen alle Drei am Tisch und essen krosses warmes Gebäck und alles ist wieder gut.

Marianne lässt alles stehen und liegen, und ist für ihre Freundin dankbar, die tatsächlich an einem sehr kritischen Punkt stand, wie es aussah.

Marianne

Würde es dich denn nicht auch irgendwie elektrisieren ?
Schuf in dir zum Morgen eine Erinnerung von Rock'n Roll ?
Wer dies Privileg im Leben genießt, dass ihn ein Mensch mag, weil es eine Verbindung gibt, beider Kind von beiden erwählt, der wird vielleicht am selbigen Abend noch vor dem Zubettgehen erkennen, vielen im Leben fehlte es an genau dem Einen, dem Einen Kuss im Nacken nur !

Gudrun

Nicht ich bin es, die sich für andere auszieht, aber ich bin es, die andere nackisch macht, dann diese malen will, und nicht der zu sein, der sich für andere nackisch macht. Warum will das keiner verstehen ?
Worum geht es eigentlich, Ihr Leute ?

Marianne

Ich habe da von Sophie einen drolligen Text daliegen, warte ich lese ihn.

Gehst gern deiner Arbeit nach. Nur wer das tut, soll wieder gehen.
Gehst mit Elan dies fleißig an. Nur für dich und das Kind.
Gehst ruhig und gelassen einher, grüßt einfach jedermann.
Gehst unumwunden bescheiden, den Red Flags sichtbar aus dem Weg.
Gehst nicht an Freunden vorbei, teilst auch den Humor mit denen.
Gehst allen mit Balance entgegen, nichts schwarz-weiß sehend.
Gehst dem Geburtstag bis zum Abend der feurigen Sonne sie grüßend,
so wozu das Ganze, mich zu ignorieren ?
Geht es um die Zukunft, die Eurer Kinder noch ?
oder geht es um die Unschärfe in Relation der Liebe ? haben die Menschen es begriffen, es würde wahrscheinlich jetzt jeden Tag etwas wärmer, soviel wärmer, bis die Leute es nicht mehr merken, dass sie darin vielleicht den Verstand verlieren, dann ihr Hack für Spagetti vegan, nur noch ohne Fleisch kaufen müssen ?

Was ich damit meine, ist meine liebe Freundin, geh mit dem Kopf erhoben die Straße lang, weil alle deine Feinde, dich beobachten wollten.

Gudrun

Das mit den Red Flags habe ich verstanden, danke sehr. Die können sich meinetwegen die Augen aus heulen, aber sie sollen sich an deren Heuchelei ersaufen.

Gudrun, Marianne und klein Frelsy beschließen zusammen in die Parks der Stadt zu wandern, mit einer Decke, Naschkuchen, und einer Kanne Kaffee, unter den Arm ein Federballspiel geklemmt. Ein paar andere sitzen so um einen herum, der spielt auf der Gitarre.

Marianne

Siehst du, wenn man sich das so betrachtet, ist das Leben auch ganz schön. Wir hören hier die Musik. Und müssen mal eine Pause machen vom Denken über die „Liebe" und das Ganze. Wir sind doch nur unwichtige Menschen. Nicht das ist der Grund eine höhere Spezies zu sein, nur weil wir uns täglich unsere kleinen Köpfe zerbrechen. Hören wir einfach zu.

Die Musik besteht nicht aus Tönen. Sie ist die Lücke zwischen den Tönen. Die Persönlichkeit ist nicht existent. Sie ist nur gar keine Neuerfindung. Sie ist keine Irritation des anderen. Sie ist keine Rechtfertigung vor anderen. Sie ist nicht Aufforderung sich zu erklären. Die Persönlichkeit ist nur die Summe dessen, was wir im Einzelnen tun, und die Verbindungslinie dazwischen, sie ist niemals fix, sie kann sich immer verändern, sie existiert nicht, sie bedeutet nichts, das ganze Universum existiert nicht, wieso sollte dann etwas Lächerliches wie eine "Persönlichkeit" existieren ?

Mag sein, dass alle Geschäfte bald unter gehen. Alle Geräte werden kaputt gehen. Banken werden untergehen. Kinder werden nie mehr zurück kommen. Mädchen lassen sich gern retten, Jungs sind gern die Mädchen retten, vor deren Eltern selbst die Sprache ablehnen, gerettet vor der Muttersprache, wollen Mädchen eine andere lernen, perfekter sein als die eigenen Worte beherrschen, irgendwer besonders bewanderter sein, in einer Sache, die die Herkunft abstreitet, an sich selbst runter zu sehen, und das ohne Scham zu äußern, dass dies einem selbst keinen Abbruch tut, man nennt es altern. Europa ist ein genialer Ort. Europa ist alt. Kein Fundamentalistenhort. Wir müssen nicht auf alt machen. Wir müssen keine Wurzeln suchen. Wir finden auch anderswo wie im sogenannten ""Westen"gar keine Wurzeln, weil es die dort gar nicht gibt !

Wenn Sie sehen, dass einige Menschen über Ihren Verlust lachen, wissen Sie, dass Sie sie oft zum Weinen gebracht haben ...Die Erhöhung des Status eines Menschen liegt in seinem Realismus, dem Wissen um seine Grenzen und dem Erkennen, wo er ist und wann er ist ...

Gudrun

Das Leben verlangte nicht von uns, stark zu sein, es zwang uns dazu. Die Wahrheit zu kennen ist immer noch das Schwierigste in diesem Leben. Ein Gespräch mit einem weisen Mann ist besser als 10 Jahre Bücherstudium ! Ich habe studiert, so vieles, die anderen Menschen, wie sie mit der Liebe anderer umgehen, den Weg durchs Leben, die beruflichen Erfahrungen, die Kollegen, die man hat, und was man daraus lernt, sich selbst zu erfahren, und lernen zu können, den Menschen mehr zu respektieren, und zu fürchten, schon allein deshalb, weil man schon sich selbst besser kennt.

Marianne

In uns. Alte Städte, deren Bewohner fortgegangen sind und Bilder und bleibende Erinnerungen hinterlassen haben. Sie nahmen unsere Seelen, unsere Stimmen und unser Lachen und wanderten aus. Sie ließen die Fenster des Wartens weit offen. Sie hinterließen Stille in unserer Stadt ... und Traurigkeit in uns entwurzelt unsere Seelen ...!

Sie lehnen sich auf die Decke zurück und hören alle Drei der Musik zu. Es ist so schön, dass ihnen gar nicht mehr einfällt, dass sie ihr Federballspiel mitgenommen haben. Besonders Gudrun kann loslassen, da sie eine dramatische Phase ihres Lebensabschnitts wieder geschafft hat. Wenn sie bald nachhause geht, wird sie ihre Last abgelegt haben, und sich nur aus Abstand noch an den letzten Partner erinnern wollen. Aber jeder Neuanfang hat auch seinen Zauber inne, sagt sie sich und lächelt längst schon wieder, wenn die anderen sie anblicken.

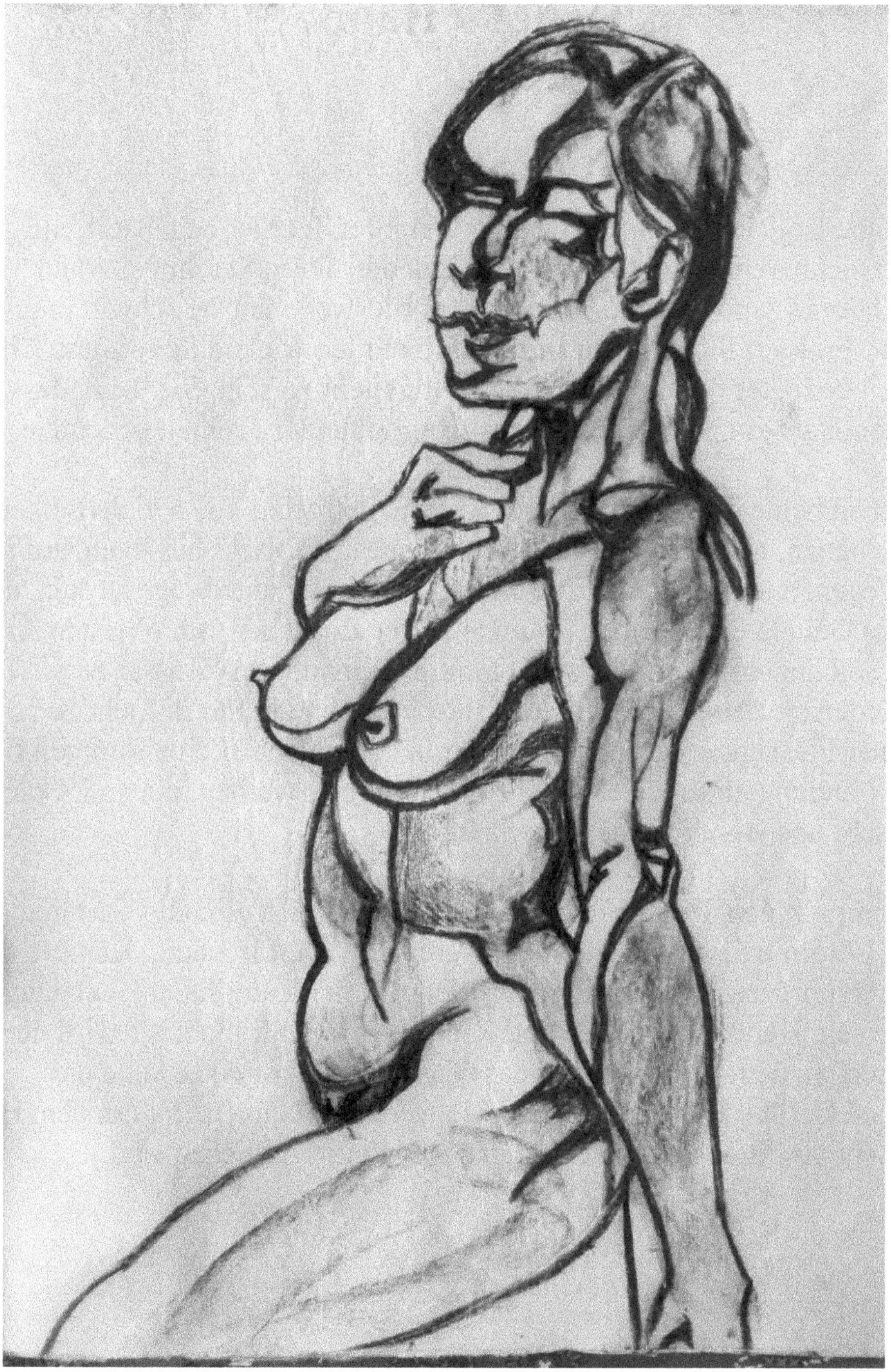

Helfer's Hände !

Marianne ist jeden Tag mehr denn je von ihrer Tochter begeistert. Sie geht jeden machbaren Abend mit ihr ans Badeufer ihren Stammplatz und betrachten es schon fast als Tradition, mittlerweile hat sie schwimmen gelernt. Frelsy will die Natur in sich aufnehmen wie ein Schwamm. All ihre Freiheit bedeutet für sie von dieser Welt geliebt zu sein. Sie weiß, dass sie trotzdem bald zur Schule muss, was Abschnitte zur Freiheit bedeutete.

Sie haben beide dort beim Baden oft Leute getroffen, die alle denselben Traum haben, nämlich am Liebsten sich nur noch nackt bewegen, auf all den Wegen, auch an allen Orten um das Gewässer unterwegs zu sein, dort sich ins Gehölz einen hohen Baum am Ufer zu suchen, am obersten Ast ein fettes Seil anzubringen, und sich damit in Schwung ins Wasser zu werfen, als würden sie dabei inmitten der goldenen Sonne in ihrem Licht zu goldener Flüssigkeit verschmolzen werden, und sich alle beisammen finden, in der Landung eines Kelchs und zum Honigmet werden, der so locker berauscht und Beschwipste hinterlässt.

Um den richtigen Weg zu finden, musst du dich erst einmal verirren.... Wenn Löwen freundlicher werden, werden Hyänen frecher....Kämpfe für deine Träume und deine Träume werden für dich kämpfen ...Heutzutage züchten sie Hunde in Heimen und Kinder auf der Straße ... Es wird der Tag kommen, an dem Sie erkennen, dass das Umblättern einer Seite das schönste Gefühl der Welt ist, denn Sie werden erkennen, dass in dem Buch viel mehr steckt als die Seite, auf der Sie hängengeblieben sind..!

Marianne erklärt Frelsy beim Frühstück eine Kleinigkeit.

Marianne

Meine Große. Ich erzähl dir mal eine Geschichte. Die Story erzählt, wir machen was für kleine Leute, doch schon allein dieses Buch in der Hand zu halten, verspricht dem Leser, wir suchen einen neuen Drehbuch Autor. Kleine Kinder wie du, sollten das Buch als den Schatz hüten, der ihnen am wertvollsten erscheint, denn sich ein Bild von dieser Welt zu machen, heißt, sich zu den Worten auf einer Seite, seine Fantasien zu machen, das eigene Bild von der Welt eben. Das beruht nur auf der kreativen Art und Weise, die aus der Umgebung entspringt, in der Kinder aufgewachsen waren. Sie wissen aus zahllosen solcher Aufenthalte in der Natur, darauf zu vertrauen, was ihnen ihr Herz sagt, in allen Momenten ihres Lebens, denn was einer weiß, das hat es immer schon gegeben. Nicht den Inhalt eines Buchs zu übernehmen, sondern eigene Gedanken anzuknüpfen, und fleißig zu lernen im Leben. Wenn Kinder aber nur vor dem Fernseher sitzen, wenn sie zu allem selbstständigen Denken nur das Handy in der Hand befragen, diese Kinder suchen die Antworten nicht mehr bei sich selbst ! Sie übernehmen nur Vorgekautes, das von irgendeinem anderen, fremden Erwachsenen, der für sie denkt. Und damit werden Menschen der Gefahr ausgesetzt, alles von anderen zu vertrauen zu setzen. Doch es gibt in Wahrheit keinen, der einen in gefährlichen Situationen, den beschissenen Momenten aus der Lage rettet, außer der Fantasie, die sich einer selbst machte, der auch an sich glaubt. Die Fantasie ist ein Schutz vor Krisen. Und Kinder, die darin nicht gefördert werden, eigene Entscheidungen zu treffen, und selbst wenn es sein muss bittere Ironie zu verbreiten, wie ein wehrhafter Wolf auch fies sein zu können, deren Kinder werden nie die Lügen durchschauen, für die sie sich zur Ware geschäftigen Treibens gemacht werden. Und in der Liebe würden sie einfach drauf gehen, weil ihnen keine Skills den Stress auszuhalten mit gegeben wurden, auch mal einzustecken, sich auseinander zu setzen, sich aus einer Enttäuschung hervor zu arbeiten, auf sich selbst zu vertrauen.

Du siehst, mein Schatz, die Weisheit in Büchern liegt nicht nur im Wissen, das sich auf dieser einen Seite befindet, aber viel mehr im Ganzen als Buch an sich, und dem was der Leser draus macht, wie im eigenen Leben !

Wenn Fremde Männer uns vormachen, mit weniger Geld bessere Politik zu versprechen, oder wenn wir wüssten, dass morgen die Welt untergeht, werd ich heute noch nicht deshalb noch ein Bäumchen fällen, sondern die Sachen packen müssen. Wir retten in der Fantasie wie im Film die es wollen, vom Gefühl her will ich sagen, "Passt gut auf Euch auf !"

Frelsy

Mama, was ich einfach endlich mal gesagt haben muss, am allerwichtigsten in unser Leben ist, dass wir zwei immer zusammen halten, weil du die beste Mama auf der ganzen Welt bist !

Marianne weiß nichts darauf zu antworten. Es schien ihr, als hätte die ganze Welt gerade dieser weisen Entscheidung der Tochter beigewohnt.
Sie ist noch nicht mal in der Schule, und fällt solche Aussagen, meine Güte. Sie kam sich vor wie im Wald zu stehen und vor lauter Bäumen den Wald nicht mehr zu sehen, so gerührt ist sie.

Am späten Nachmittag ist Sophie zu Besuch bei ihnen. Sie hat ihre neusten selbst gemachten Kekse mit gebracht.

Sophie

Seht her, ich nenne die Kekse „Sophie' s Hundekuchen", aber keine Angst sie sind für uns essbar mit einer großen Menge Honig drin.

Frelsy hat sich draußen im Sperrmüll ein Riesengroßes Aquarium für Tiere ausgesucht, mit einem durchlöcherten abnehmbaren Deckel, was ihr Marianne nicht abschlagen könnte. So steht jetzt das ganze Teil in ihrem Zimmer. Sie hatten heute vor alles vorzubereiten für Haustiere. Selbst die ersten zwei Mäuse warten in einem kleinen Karton, sich ein Plätzchen im Zimmer von Frelsy in Empfang zu nehmen.

Marianne

Sophie, bist du uns behilflich den kommenden Generationen Mäuslein ein sicheres Zuhause zu schaffen ? Es ist alles da, was wir dazu brauchen. Vielleicht gehst du hin und dübelst diese kleine Holzplatte mit Stütze direkt an die Wand, als kleine Auflage für den Mäuse Kasten, Bohrer, Dübel und alles liegt hier. Während dessen pack ich euch aus, was ein Haustier so braucht, den Fressnapf, die kleine Wasserschale, die Streu, ein paar Klettersachen vom Tierhandel, wo die Mäuse sich drunter verstecken können, wenn sie schlafen wollen. Frelsy hat an ein paar Nachmittagen eigenhändig sogar ein zweistöckiges Haus geschaffen aus schmalen Brettern und einer Art Treppenhaus in seiner Mitte, mit Fenstern sogar. Das wollen wir da hinein stellen.

Sophie

Grund Gütiger, ich staune über so viel Kreativität. Das machen wir !

Als Sophie den kunstfertigen Tisch an die Wand bringt, streuen Mama und Tochter die Streu ins Aquarium und Frelsy stellt die kleinen Dinge im Mäuse Revier auf. Dann heben beide vorsichtig das Bastelhaus auf und stellen es mitten drin auf.

Frelsy

Fertig. Jetzt die Mäuse !

Sie setzen sie hinein, und klatschen in die Hände ! Sophie hebt mit Marianne den ganzen Käfig an und stellen ihn auf den dafür geschaffenen Tisch an der Wand.

Marianne

Mit dem Deckel haben sie Luft, aber können nicht so leicht ausbüxen.

Am nächsten Morgen stellt die Welt fest, mit Frelsy und ihren gleichaltrigen Freunden beginnt ein neuer Abschnitt, die Schule beginnt zum ersten mal. So richtig Lust haben sie nicht. Aber mit ein paar Ausflügen extra, einem Tagesausflug auf die Insel, einem schönen hellen Strand an einem anderen Tag, und dem kleinen Verein für Anfängerkinder in der Schwimmhalle, lässt sich das deichseln. Das eine oder andere Mal wird noch in der Nachbarschaft gegrillt, dass die Schule gar kein so großer Horror mehr ist, nur weil eben eine Pflicht. Vorbei kommende Freunde, setzen sich um den Grilltisch herum, so auch spontan Sophie als sie um die Ecke biegt.

Sophie

Wenn ich mir das hier alles so ansehe, muss ich darüber nachdenken, dass ich eigentlich das so nicht hatte, Familie, Vereine, Freunde, Grillen, gute Nachbarn, kleine Feste. Das erste mal, als mich die Familie bereits im Alter von 3 Jahren im Urlaub aussetzte, ist mir in Erinnerung, wie die drei male danach, als sie mich für die Tatsache Freunde zu gewinnen, drei mal als junge Frau in die Obdachlosigkeit entließen, arrangiert von der Mutter, und unter Androhung, nie wieder einen Fuß in deren Haus zu setzen von Vater. Manchmal muss ein Mensch sich erst regelrecht verirren, um aus seinen eigenen Weg zu finden.

Wenn ich ein Junges war, die von ihr verstoßen,
mich zu mehren unter anderen, die auf der Straße lebten,
dann trug ich einen Hut, und den Rock und den Pullover,
den ich mit den Fingern strickte, und las in Büchern von allem,
oft die besten Bücher verschenkte, wie man mich als junge Frau,
als Kind sogar an die Straße "VERSCHENKTE".

Ich kenne ein paar Freunde, die zuerst die Bestimmung obliegt, in Freiheit zu leben, und der Zufall will es, nachdem ich einen dabei 25 Jahre betrachte, wie er betont, „die Freiheit zu leben" demonstriert, da fiel ihm in den letzten Monaten, dass er es mit der einen kleinen Mami vielleicht in Zukunft doch einmal versuchen könnte ! Wie sich Menschen doch verändern.

Marianne

Du hast recht. Das hätte in deinem Leben so nicht sein dürfen !

Sophie

Wisst Ihr, was ich dem Mann erzählt habe ? Ich sagte ihm -

„Ich werde, das werde ich dir versprochen haben, niemals draußen vor Leuten, die sich zu meinem Feind erklären, den Kopf senken, weil ich spüre, wie sie mich beobachten. Ja, das klingt doch gut, in vielerlei Hinsicht, wie ich es schon erwartete. Ich aber denke mir, wie du das im Einzelnen anstellst mit Auswandern und einer kleinen Mami mit Kind ?
Da der Mensch aber zeitig die richtigen Ideen hat, da bin ich mir ganz sicher, gönne dir das und den Leuten. Hat auch was, dass es einer anderen Mami, die allein steht, einmal anders ergeht als mir, die nicht mal dazu bereit wäre, noch in diese Welt ein Kind zu setzen."

und ich setzte dem noch eins drauf, als ich ihm sagte -

Ich wollte dir sagen, dass mich alle enttäuscht haben und dass ich vor allen außer dir Angst habe, aber du hast mich im Stich gelassen, bevor ich es dir gesagt habe. Wir liebten das Leben und wollten so leben, wie wir wollten. Sie hat uns betrogen und mich gezwungen, so zu leben, wie sie es wollte. Die Schlampe, die sich unsere Mutter nannte. Die Frauen allein erziehend stecken in der Gesellschaft ohnehin einfach hilflos fest, das ist kein schönes Gefühl, als wollte die Bürokratie und sämtliche Arbeitsbelegschaften, der Frau von jedem einzelnen ausgehend ihre "Lehre" erteilen, dass sie trotzdem am Ende gedemütigt und ohne Arbeit steht. Zum Dritten kommen sie dann mit so viel Mobbing, als wollte dir damit der Wille gebrochen werden, dann dich mit einem Schuldgefühl zusammenbrechen sehen, als "Bekehrung" bezeichnen, wie wenn sie dir, aus jedermanns Spaß, Verlogenheit, und deren Heuchel heraus, ihren ganz persönlichen Stempel aufsetzen, nur um sich von deren Maläse abzulenken und was zum Lachen zu haben !

Marianne

Ich hab keine Lösung ! ohne Moos soll ich spenden ? Wie kann einer ewig leben ? ohne Weisheit keine Lösung. Was ist der Tiefschlaf ? dental ist das nicht zu lösen. Wie man bei Königen immer sagt,
statt Beiß Schiene, ist es immer nur die Scheiß Biene !
- da soll man drüber nachdenken ! Hast du es nicht auch satt ? ....

Sophie

Wenn dir das Universum ständig in die Suppe spuckt ? Dass dir das Schicksal ständig ins Gesicht lacht, aber nicht auf die nette Art? Dass dir Steine nicht nur in den Weg, sondern auch noch in den Schuh gelegt werden ? Dann mach dich bereit, dein Leben von Grund auf komplett zu verändern. Aber diesmal zum Guten !

So wahr der Einwanderer ins Rheinland blickt, der sagt, dass es im Krieg seines Landes Geschichte ähnlich Ansehen genießt, aber schlimmer !
So sehr die Frauen passieren, sie übers Rheinland fliegt, sind nur Wurstbemme zu sehen, und Handwerker, Container, nächtlich leuchtende Straßen, Hängende am Galgen, und Totgesoffene, die du triffst bei jeder Hausbesichtigung, aber schlimmer ! Ich habe gelernt, dass Kohle schwarz ist dass sie sich nicht ändert, wenn wir sie wiederholt waschen.
Ich habe gelernt, dass Vorstellungskraft davon abhängt, wie weit Ihr Verständnis reicht, wie gut Ihr Einfühlungsvermögen ist, wie stark Sie Ihre Solidarität zeigen, wie deutlich Sie Ihre Meinung sagen, wie tolerant Sie gegenüber Kritikern sind, wie ausgeglichen Sie sind und wie willkommen Ihnen die Schwachen sind. Ach, Herrje, wurde ihnen zuzutrauen unterstellt, dass ein selbst gemachter Jogurt sich bei mir mit Selbermachen verband !
Die Vater Stasi Show vermittelte, dass es klassisch zuging, und ich kein Privileg genoss. Der Dreck sammelte sich nicht, bei mir gab es im Zimmer nichts. Die "Geschlossene Gesellschaft" gab es nicht, nicht mal namentlich, weil ich keinen Zimmerschlüssel hatte. ABHEBEN von anderen schier unmöglich. Aber AUF und DAVON war die Devise !

Nun, komme mir keiner mit ÖKOS ! Alle Jungen sollen rufen
"Wer bietet uns wieder Anoraks, in khaki grün gefüttert schlicht ?"
alle werden sicher mit Begeisterung sich in den Missbrauch stürzen....
Alle Mittelständischen rufen "Schatz, machen wir Partnertausch !"
das mittlere Alter fing damit an, als es wusste, der Sex nicht mehr knallt.
Alle im Altertum sollen rufen, sehen wir elegant der allgemeinen
KOMPETITION zu und werden besoffen, sequenziell steht auch die
WASCHMASCHINE dazu still !

Ihr Leute, Ihr seid doch so gut in Vorstellungsvermögen....nun wäre Krieg,
gingt Ihr hin ? zu viel Tote von Lebenden, Liebenden, die Seienden, nun
wäre keine Arbeit, wie lief der Drucker ? keine Stimmung schwankt, das
Vermögen stagniert, nun wäre Arbeit, und keiner ging zur Arbeit ?
sich nicht mehr ausgebeutet fühlen will ! Stell dir vor es ist eine Menge zu
tun, Arbeit vorhanden, und keiner ist da, nun weil die Politik sieht dran
vorbei ! Schön .... nicht wahr ?

Die Runde steht stumm, zu Sophie's Referendum. Es war fast das Plädoyer,
das von der gesamten Verstößen in ihrer Gemeinheit und den Verstößen
gegen die Menschlichkeit beisammen auf den Punkt gebracht.

Sophie

So das hat jetzt aber auch mal gut getan !

Marianne

Versuchen Sie nicht, alles zu verstehen, denn zu viel Licht macht Sie blind.
Es sind die Farben im Licht für die aller meisten nicht mal erkennbar !
Wählen Sie auf dem langen Weg jemanden, dessen Gesellschaft Sie nie
müde machen wird, denn die Begleitung ist wichtiger als der Weg.

Heike Thieme

Quitte vom Busch !

Marianne muss zur Arbeit. Es hat geklappt, dass ihr in dieser Woche jemand den Freitag übernimmt, also freut sie sich auf ein baldiges längeres Wochenende mit der Tochter und Freundinnen. Als die Zentrale ihr die Daten nennt, muss sie ins Industriegebiet gen Norden, an dessen Westflanke ein Neubaugebiet im Ruck zuck Verfahren aus dem Boden gestampft wurde. Dort fährt sie durch eine Ansiedlung mit schnurgeraden Straßen, die endlos lang zu sein scheinen, wo die Häuser derart langweilig nebeneinander gähnen, dass sie es empfindet auf einer Art unbewohntem Planeten keine Menschen zu sehen, vor allem keine spielenden Kinder, wo man leicht anhand der Monotonie die Orientierung verlieren kann, und nicht wie sonst am Trubel von Arbeitsstress erlegen. Hier will man sich nicht erholen. Hier will man allenfalls nur entkommen, denkt sich Marianne. Wer nur zu Fuß eine dieser langen Straßenschlangen entlang musste, wird es bereuen !

Vielleicht denkt sie sich, ist das eine Gegend für minderbegabte unterentwickelte, leicht aber als Behinderte eingestufte Menschen, die in einer Neusiedlung einen Hafen der Ruhe zugeteilt bekommen ! Es kann nicht anders sein. Marianne hält an einem Reihenhaus, das erst frisch bezogen zu sein scheint, wo eine junge Frau auf dem Balkon zu ihr runter winkt, und sich in Eile zur Außentreppe bewegt auf ihr Taxi zu. Sie steigt vor allen Dingen erst mal aus, denn die Dame muss sich erst sortieren, und wühlt für zwei Minuten in ihrer Handtasche, um ihren Fahrschein hervor zu kramen.

Marianne

Moin Moin, vielleicht soll ich erst noch eine Zigarette rauchen, dann hätten Sie Zeit sich genügend zu sortieren. Ich hab Zeit !

Die junge Dame schaut einmal ganz kurz zu ihr auf. Dann quietscht sie erfreut auf.

Meine Güte ! Jetzt hab ich dich. Sie müssen doch wissen, wohin es gehen soll, die Adresse zur Pizzeria steht drauf geschrieben. Ich soll da heute erscheinen, und ein Arbeitspraktikum machen, um mich beruflich zu integrieren. Mir fiel der Name der Pizzeria nicht mehr ein. Jetzt also, es heißt, ich muss zu „Marcello" am Kornmarkt ! Da soll ich mich in der Küche anmelden, um 13:00 Uhr, und hier habe ich den Fahrschein für Behinderte, damit fahre ich auf Krankenschein für umsonst.

Marianne hat inzwischen eine Zigarettenlänge Pause eingelegt und lächelt die Kundin sanft an.

Marianne

Na, nun ist gut, lassen Sie sich ruhig mal Zeit. Der Mann ist kein D-Zug. Wir können gleich los starten, der Marcello, ich kenne ihn persönlich, der wird es ihnen nicht nachtragen. Er ist ein sehr lieber Chef, das werden Sie sehen. Steigen wir erst mal ein, und dann geht die Reise los. Haben Sie noch irgendetwas anderes vergessen ? Handy ? Schlüssel ? Armbanduhr ?

Junge Dame

Nein, es ist gut so. Ich werd dann jetzt einsteigen, Madame. Geht' s los ?

Marianne fährt mit der Kundin los, und verlässt glücklicherweise die trostlose Gegend, eintauchend ins normale pulsierende Leben am Zahn der Zeit, dass sie innerlich aufatmet, als sie endlich einer Straße folgt, die eine Kurve hat und andere Autos entgegen kommen. Sie malt sich aus, wie ihr eigener Sohn, wenn sie einen hätte, eines Tags bei ihr mit seiner ersten Freundin antanzte, und sie wäre eine von diesem Schlag Passagier hier. Sie wäre adrett, schön vom Körper, aber hätte nicht die Befähigung vor dem Gebrauch der Worte, das Denken einzuschalten.

Die kleinen Mädchen, in der analen Phase, also Essen, das die Schwiegermutter bei jedem Besuch abzuliefern hätte, als sei das arme Mädel schier am Verhungern. Dann eines Tages in der naiven Phase, also Kummer, und das Mädel fühlte sich von ihrer Welt unverstanden. Und letzt endlich in der Sehnsucht nach dem Prinzen, also ab mit ihr ins Theater, so schätzt Marianne diese Lage ein. Damit sei dem Liebespaar dann seitens der Eltern gut gedient, schätzt sie. Würde diese kleine Freundin dann aber manipulativ oder gar falsch in ihrem Charakter sein, mit der niemand viel anzufangen wüsste, in der Gier nach Anerkennung, dann also ließ sie Statements abgeben, und egal wie schief sie liegen, bekäme sie sonst eins aufs Dach, für alle Fälle, weil dann gäb es nur noch Schnitzel.

Sie denkt während der schweigsamen Fahrt ins Stadtinnere an die erste Zeit mir ihrer Tochter nach, die in Kiel geboren war. Sie weiß, ein Kind signalisiert dir immer in jedem Ausmaß das an unermesslicher Liebe, weil du gut zu ihnen bist und sie versorgst. Ihr Kind kam auch zur Welt am „Kieler Strand", aber im Fall mit Behinderten Transport ist angeraten, sich neutral zu verhalten, sie erhalten deren Zuwendung von Professionellen. Da mischt sich keiner hinein. Die Fahrt ist zu Ende. Die Frau steigt aus.

Marianne

Viel Spaß auf der Arbeit !

Am angrenzenden Marktplatz will ein neuer Kunde ein Taxi, sie fährt schnell rum. Ein junger übergewichtiger Mann steigt ein.

Moin, ich bin Rüdiger Florian, ich soll zum Arzttermin, zum Hausarzt.

Der jung anmutende Mann steigt ein, und sie fahren schweigsam zum Arzt. Während der Fahrt denkt Marianne ein bisschen an ihre erste Schulzeit, denn erst kürzlich wieder schrieben sie drei oder vier ehemalige Klassenkameraden an, mit der Bitte etwas von ihr zu hören, und grüßten freundlich aus der alten Schulzeit.

Sie hatte einen kurzen aber sehr netten Smalltalk mit ihnen via E-mail.
Aber die räumliche Distanz erlaubt es Marianne nicht so weit zu fahren, und
die ollen Kamellen wieder aufzunehmen. Sie denkt sich -

Ich stand nicht vor den Kerlen wie ein kompletter Idiot.
Erst heute erinnere ich mich an sie wie es in der Schule war.
Es musst nicht mal einer gestorben sein, leicht es fiel sie zu kontaktieren.
Es war nie die Rede davon, wie sie für die schönste der Klasse gehalten war.
Egal, es sind bereits 60 Jahre ins Land gegangen, was soll sie sich für so
plötzliches Interesse, brennend heiße solidarische Anfragen beantworten ?
Es nennt einer sie als Schwester, da seine zweite Frau, ein Leben wie
Marianne in der Jugend verlebt hatte, und er sagt, sie mag unter einander
gesagt, schöne Tage in den kommenden Jahren haben ! Es freut sie sehr,
dass sie nicht ihr ganzes Leben nach so vielen Jahren vor einer ganzen
Gruppe Schulkameraden zu rechtfertigen hat, um dann wieder abzureisen,
denn ihre eigene Geschichte so offen preiszugeben, lieferte nur Stoff für
verkehrte Spekulationen, und dies nutzt ihr wenig.

Stiehl ihre Ruhe, überwache ihren Gang,
und nenne es gesellschaftlich einer super intelligenten Frau
das sogenannte "Intelligent – Gen" einfach abzusprechen,
um sie bis aufs Äußerste zu quälen ! TEST - WANN wird sie ausflippen ?
Das und ähnliches.

Das ist in Marianne's Augen ein Versuch, wieder ins alte Leben
zurückzukehren. Dahin führt aber kein Weg mehr. Sie muss ihre Intelligenz
nicht vor der Bühne der Kindheitsfreunde unter Beweis legen. Jemand, der
selbst spürte, dass ihn zeitlebens niemand abholte und daraus befreite, dass
er es auf einfachstem Weg erlernte, mit dem Alleinsein klarzukommen.
Einsamkeit ist nicht tödlich, mein Freund, sagte er. Was mich umbringt, ist
das Ertrinken in menschlichen Lügen..?? Wenn der Tod mich ergreift und
wir uns nicht treffen, vergessen Sie nicht, dass ich Sie unbedingt treffen
wollte. Egal wie sehr Ihnen die Person am Herzen liegt, bitten Sie sie nicht,
Sie so zu behandeln, wie Sie es möchten, denn jede Person behandelt Sie

entsprechend der Position, die Sie in ihrem Herzen einnehmen. Hören Sie niemandem zu, der Sie frustriert oder Ihre Ambitionen schmälert. Der dich mit seiner Aufmerksamkeit überschüttet... Schaffe ihm in deinem Herzen ein Zuhause, das nur zu ihm passt. Die Handlungen der Menschen verändern ihre Position in unseren Herzen. Die Seele neigt zu denen, die Traurigkeit, Müdigkeit und schwere Tage mit ihr teilen, aber in der Freude sind alle Menschen geliebte Menschen. Es scheint, als hätten wir alle von etwas geträumt … und wären dann auf etwas anderes gestoßen. Sag denen, die glauben, dich zu kennen: Glaube nicht, dass du tief gegangen bist, denn du bist nicht über den Rand des Strandes hinausgekommen. Und zum Schluss, seien Sie versichert, dass die Ehe wirklich schön ist, wenn Sie auf die richtige Art und Weise heiraten.

Das ist ein kleiner Leitsatz, den allein stehende wie Marianne gern pflegt in ihren Alltag aufzunehmen. Sie wurde auch zugegeben noch nicht einmal im Leben ernsthaft von einem Mann als Freund gesehen danach gefragt, wie es ihr geht, oder dass er ihr und dem Kind gemeinsam gute Tage, und das für die ganze kommende Zukunft wünschte ! Darum lehnt sie jedes blödsinnige oberflächliche Kennenlernen ab. Das Abwimmeln von online Heiratsanträgen geht ihr auf den Keks, schon dann wenn die Kerle aus zig tausend Kilometern Entfernung trotz ablehnender Haltung, den Anstand nicht haben, sich aufdrängen zu müssen, und dann aus ihrem Garten die scheinbar behütet aufgezogenen Rosen abschneiden, ins Glas stellen und ihr die Fotos dazu schicken. Marianne hält nichts von dieser Schwurbelei.
Es ist wie auf dem Pferdemarkt. Sie sieht doch erst lieber einem Pferd ins Maul, bevor sie es erstehen möchte.

Sie fährt nachhause, der Feierabend naht. Erst will sie noch einmal bei Gudrun rein schauen, weil sie fragen will, wie sie es im Hinblick auf ihren letzten Kerl schafft, ihr Kopfkissen wieder für sich alleine zu haben, und ob sie den Geschmack für sich alleine zu denken wieder als Genuss empfindet.

Marianne

Hi, Liebes, ich hole zwar Frelsy ab, aber will noch mal kurz reinkommen. Ich hab da eine Frage, will wissen wie es dir geht ?

Gudrun

Kein Ding, dann komm ruhig rein.

Sie setzten sich in ihre Stube, Gudrun schenkt Tee ein.

Gudrun

Wenn du mich auf den Heiner ansprichst, mein Verflossener. Jedes Leben besteht alltäglich von Neuanfängen, doch gefangen sind wir alle, es immer wieder an anderen Orten erneut zu erleben, wobei die Frucht an Büschen dir täglich wieder den selben Tee bereitet.

Marianne

Was war das für ein Typ ? Hat er Arbeit ? Wie behandelt er Frauen allgemein ?

Gudrun

Der Typ ist ein ziemlich waghalsiger, er stürzt sich Hals über Kopf in eine Liaison, und ist sich nicht mal über sich selbst im Klaren. Klar hat er eine Arbeit. Aber gerade deshalb, ein rastloser Typ und tanzt auf allen Hochzeiten gleichzeitig, für keine Frau zu greifen. Fast ein Fall von Psychopath, der so handeln muss. Er hat kein Empfinden, wie es den Frauen geht, die er so angeht, mit der Tür ins Haus, und sie dann abservieren in allen Regeln der Kunst, nur um niemand wahrlich an sich ran zu lassen. Ich hab so die Ahnung, dass er Angst vor den Frauen hat, weil sie ihm vielleicht bei Nähe in sein Herz schauen könnten, wo manches lauert.

Wir sind aufeinander geprallt, haben uns quasi von Anfang an von der Theke einer Kneipe runter bis ins Bett vor aller Augen penetriert, da er sexuell von mir nicht genug kriegen konnte. Aber er ist kein treuer Mensch. Er nutzt sein Aussehen, schnell bei einer zu landen, egal wie grob er ihre Gefühle ausnutzt. Der stets außer Atem, ihm fehlt die Ruhe, weil er immer von allen Gefallen zu haben wünscht und gut darin gefallen will.
Der überall der Checker, ihm gönnt sich keine Muse, wenn er es nicht selbst zulässt, doch alle die, mit denen er fertig ist, werden sich nie wieder auf ihn zu bewegen, wie wenn man sich zuerst wie zwei Cola Dosen gegenseitig hungrig aufschlitzt, um leidenschaftlich ans Innere zu kommen, und dann festzustellen, mit dem anderen wäre es unmöglich mit ihm in den Nächsten gemeinsam ein Kissen zu teilen. Aber einer, der in Sachen Sex nichts auf sich zukommen ließ, ihm steht die Mühe ins Gesicht geschrieben, der mit Vollgas auf alles zufährt. Aber diesem Mann mangelt es an der Hingabe, er zeigt minderwertig Energie oder Liebe, er geht rasant schnell an die Decke, hemmungslos erregt, ihm reißen sich stets Vorschläge in die Pause. Und er will immer was zu tun wissen, ihm stehen angeblich alle Türen offen. Er wirkt aber vermessen, ihm geht es nur um den Nabel herum.
Er hätte es nicht als spontane Idee gesehen, wenn ich ihm einfach eine ganz banale Frage gestellt hätte, ohne dass er einen Verrat dahinter gewittert hätte. Ihm werde ich nicht glauben, er würde Berge für mich versetzen !

Marianne

Das Leben ist wie der Mond. Manchmal findet man ihn voll und hell und manchmal leer und dunkel.

Gudrun

Genau. Ein Verräter ist jemand, der Ihnen ins Gesicht lächelt. Der Anfang ist für alle und die Fortsetzung für Helden. Wir vertrauen auf unsere Stärke, ohne zu prahlen, und wir respektieren die Stärke anderer, ohne sie zu fürchten.

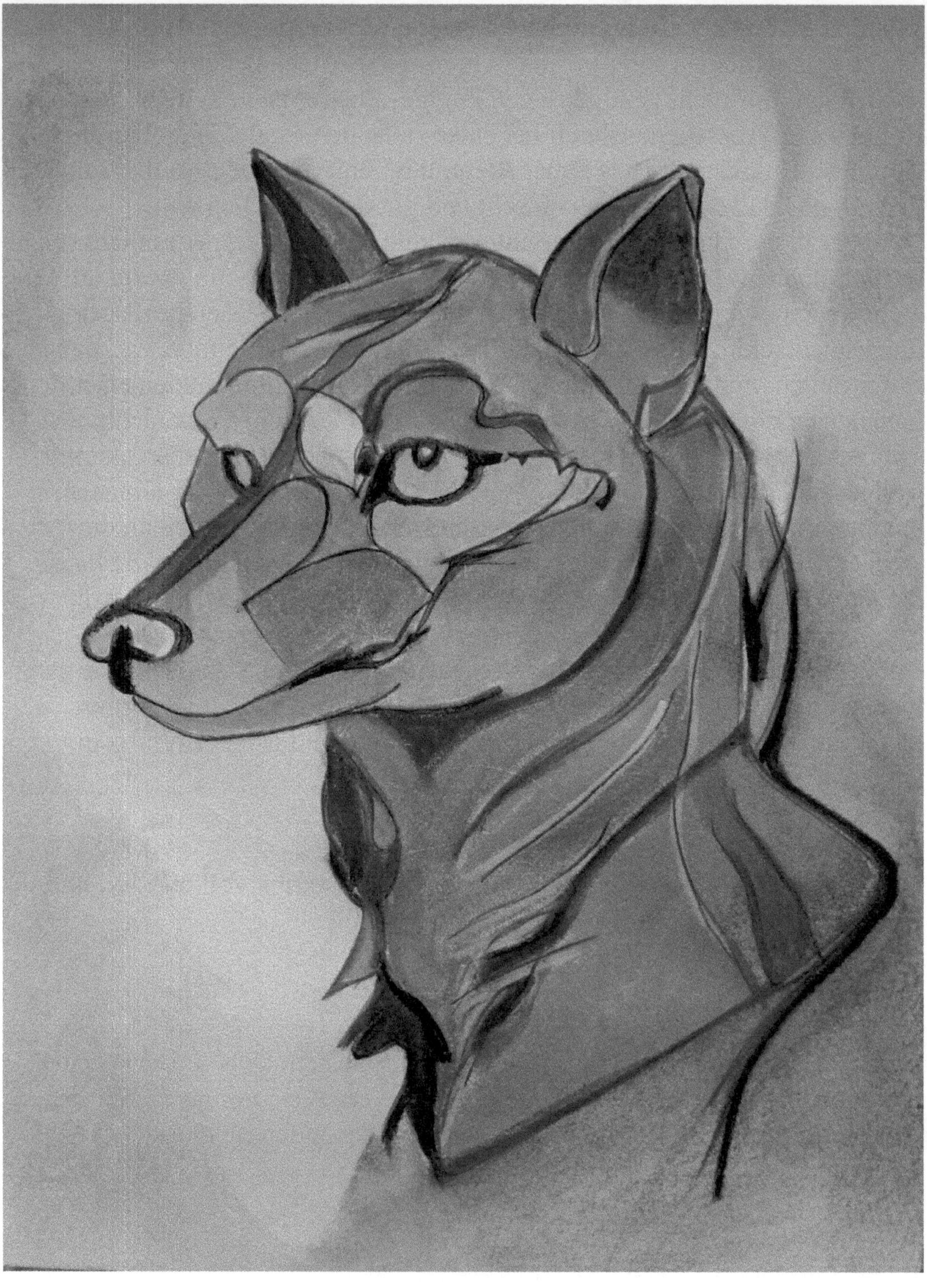

Legenden

Welcher der beiden ist erwähnenswert ?
Ist es der Menschenrechtsaktivist, der sein Leben riskiert, oder ist es
die Finanzschlampe, die dem Aktivisten 5 Millionen überreicht ?

Marianne feiert ihren baldigen 49. Geburtstag. Sie wundert sich nicht, dass
sie von Freunden umgeben ist, die ihr eine echte Familie geworden sind.
Es ist ihr immer schon vorgekommen, dass bei einem Anlass zu feiern,
keiner die lästige Verwandtschaft braucht, die nur zwecks umsonst Essen
vorbei sehen, praktisch besser, als sich einen Tisch im Restaurant zu
bestellen. Man muss es ja nach außen danach aussehen lassen, familiären
Kontakt zu pflegen, weil man ungern zusammen fällt, um allein darin den
Tod zu finden, das erweckt nur Mitleid. Auch blöd, wenn sie nur ins Haus
gelangten, um dich nass zu machen, ihren Stuss ausleben und abladen, und
Sachen sagen, auf die du am besten verzichten kannst. Darum sagt sie sich -

Ich schwöre, diese Kinder werden ihnen nachsagen, die ihre Eltern waren,
„Es wird euch eines Tages Leid tun, wenn ich erst auf und davon bin !
Ihr werdet nichts mehr von eurem Kind haben, wenn ich weg bin.
Ihr dürft euch dann erst von mir angehoben und geehrt fühlen,
dass ich mich nie mehr wieder bei euch blicken lasse,
weil ich mich nicht daran beteilige, euch zu verraten,
oder sogar mich an Hochverrat zu beteiligen wie Ihr es getan habt !"
Die Wahl haben im Land, ist in etwa wie die Mutti vorschicken,
die allen das Rohr putzt, die dem Militär den Hintern versohlt,
die einer Freundin alles aber auch alles an den Kopf wirft,
die eine Tochter vorgeschickt, die noch dümmer als Mutter,
die Beleidigung als klassisch sieht, die sich durch frisst und weg wirft,
die nur im positiven Sinn das Wort "GEIL" zutreffend sieht,
wo ein kleines Fotobild an der Wand hängt.

Sophie ist als erster Gast bei ihr an der Tür.

Sophie

Herzlichen Glückwunsch, liebe Marianne, zum Geburtstag !

Marianne

Danke, gut das werden nicht viele Besucher an diesem Abend. Aber dafür genau die Richtigen ! Komme, wer es heute weiß, und bleib weg, der keinen Wert drauf legt. Ich hab Frelsy heute Abend mal bei ihrem Vater gelassen. Dann können wir tun und lassen, was wir wollen ! Ich bin mal gespannt, wer von dem einen oder anderen, was zu Essen bereit steht was mag, oder ob der gute Wein ankommt, sonst hab ich noch etwas Bier eingekauft.

Sophie

Sag, mal hast du denn gar keine Verwandtschaft, die sich über deine Geburt freut und dir in Liebe gratuliert ?

Marianne

Muss ich dich enttäuschen. Solch eine Familie hatte ich nie. Ich erinnere mich an das letzte unaufgeforderte Hilfspaket meiner Mutter vor fünf Jahren, das bestand aus Dosen mit fetter Schlachterwurst, Dominosteine, Schokoladentafeln, gekauften Keksen, Putztüchern und schwarzen Socken, obwohl sie längst gesagt bekam, sie braucht sich die Mühe mit so was nicht mehr machen, weil ich nicht drauf steh, es wiederholte sich zu oft.

Sophie

Dann ist es jetzt gut, wenn die anderen Gäste erst ein wenig später erscheinen und wir die Zeit gut nutzen können, uns mal über das Generationen Problem deiner Familie auszusprechen. Setzen wir uns.

Sie nehmen sich ein bisschen Knabber Gebäck und eine Dose Bier in die Hand. Beide lächeln Sieges sicher.

Sophie

Wenn alte Leute, und junge Leute sich einig werden, ist meist ein Haar in der Suppe. Es ist draus erkennbar, wer sich darin gesucht und gefunden hat. Der wahre Charme ist nur sichtbar, wer zu nehmen und zu geben versteht. Wenn eine alte Frau entdeckt, dass eine Junge Frau alle Menschen auf der Welt hasst und ablehnt, finden sich beide darin als Kollegen, da die Alte die Illusionen der Jungen mit Vorliebe zerstört und die Junge sich darin bestätigt fühlt. Wer sich gern vor Alten zum Opfer machen lässt, bildet mit ihnen eine toxische Beziehung. Sie befürchten nur, wenn die Falschheit offenbar wird, sie hätten in jenem Fall den Faden verloren, aber nicht spüren, daneben zu liegen, oder die Milch bis aufs Letzte verschüttet ist.

Marianne

HIGH FIVE ! ... solche Muttis rennen los, machen falsche Rede in der Nachbarschaft breit, breiten sich derart aus, als gehörten sie zur Klientel, wie man ihr bereits sagt, Kindern gleich aushelfend...
"Leute, die es unbedingt brauchen, ganz dringend nötig haben, sich zu denen gesellend, die etwas mehr Aufmerksamkeit für sich brauchen !" ... wer sein Kind für so jemand hält, ihn oder sie peinlich damit outet, entsetzlich "sein Kind" lächerlich macht. Deshalb füttere ich die unstillbare Neugierde meiner Verwandten nicht die Auskunft über meinen Alltag. Sie würden sich über die erfahrenen Geschichten die Mäuler zerreißen und sich glänzend dazu vor Fremden in den Mittelpunkt stellen.

Sophie

Ich hatte einst eine gute Frauenärztin in unserer Straße, bei der ich mit den Töchtern öfter spielte. Sie sprach mit mir gern über Themen wie Frauen missbraucht werden, die sich nachher runter gemacht fühlen.

Marianne

Genau das war auch immer schon mein Interessensgebiet. Ich habe diese Problematik auch schon studiert. Ich stelle mir immerzu dieses arme, eigentlich intelligente junge Mädchen vor, dem eine Hirnwäsche verpasst wurde, in dem sie stets abgewertet wurde und hilflosen Mächten ausgeliefert.

Der Auftritt eines durch die Mutter missbrauchtes Mädchens, ist keine Überraschung, dass sie nur fäkale Sprache bedient, als hätte sie einen Stopfen in ihr Hirn gepflanzt, die Verluste der Mutter verkörpernd.
Sie hat mit jedem zweiten Satz, den sie äußert, das Gefühl, dass sie etwas kaputt macht, egal was sie anfasst. Aber was ist schlimmer ? Die offensichtlich alles vermissende Gosse, die auf jeder Bananenschale ausrutscht oder die Sprache derer, die gezielt nur herablassend, rassistisch, belehrend ihre Ignoranz jedem entgegen halten, weil sie sich für was Besseres halten ? Ich schätze die ignorante Weise ist ernsthaft anrüchiger und hoffnungslos, weil unehrlich gegenüber sich selbst. Ignoranten Menschen fehlt leider immer das Publikum. Eine missbrauchte Sprache hat wenigstens die Chance bei Abstand vom Elternhaus, so weit weg es möglich wird, wenigstens zu lernen, für sich allein seine Entscheidungen zu treffen ! Mit seinen Worten sparsam zu werden, lernt jeder irgendwann, wenn er sieht wie allein er damit eines Tages steht. Wer unter Zwang versucht, die Familie um sich zu versammeln, um wertvolle Zeit miteinander zu verbringen, hat eh versäumt, dass im engsten Kreis, der Auserwählte aus missbräuchlichen Kinderzeiten, der Schmerz dessen nicht ausgesprochen wird. Dieses kollektive Opferwesen wird tabuisiert.

Sophie

Wie kommt eine Tochter dazu, die familiär über-griffig angefasst wurde, sich an einen alten, schmierigen Vater ran zu schmeißen, der abverlangt, dass sie zeitlebens als „sein Mädchen" als „ein bisschen irreal" bezeichnet sich zum Idioten machen zu lassen, ohne Worte darüber zu verlieren ?!

Marianne

Fragst du dich, ob es jeweils nur der Vater war, oder auch die Mutter, die missbrauchten ? Oder ob es sogar beide im Bunde taten ? Das ist letztlich egal. Weil die auch im späten Leben eines Opfers noch Hochverrat üben, in dem die Leute schwanger noch an Ämter verpetzt werden, als sei das keine gute Mutter und man nimmt ihnen noch die Kinder weg.

Frau Brandt vom Amt .... Rassistin vom ungenießbaren Beispiel -
"ja, durchaus in der Tat verdächtig, wer weiß wie hart man da durchgreifen und all dies verhindern solle" doch der farbige Kerl in ihrer schmutzigen Fantasie grinste und sagte, "also eine Gefahr in dem Sinne stellt sie nicht dar, aber danke für den Tipp !" man muss nicht verwandt sein ....um sich an Inzest zu beteiligen.

Sophie

Du hast recht, das grenzt sogar an Hochverrat. Ich höre sie sogar dabei lachen ! Das Elend bis zu Mutter' s Titten steigert ihr Paletten Kleid und mit der Dose in der Küche in der Hand, hört ein jeder dieselbe gehässige Lache, die an ihr wohl nie vergehen wird. Sie ward dumm geboren, aber hatte den Geist ihrer Kleinen nicht gedoubelt, so sagt sie, was nicht machbar wäre.

Marianne

Schadenfreude und der Kick des Bösen, ist nur pubertär aber funktioniert. „Ich spiele mit meinem Pimmel. Und dann lach ich. Und dann stepp ich." Die Tochter steht beileibe Zeit verschwendend nur im untersten Keller. Die Hundemarke selbst, die ihr die Mutter verpasst, hat einen Schaden abbekommen. Doch bis das alles hinterfragt ist, was an Teufeleien einem Kind angetan wird, gehen Jahre, weiß vielleicht sogar Jahrzehnte ins Land.

Sophie

Ein anderes Thema, zum Beispiel „die große Liebe !"
Die Jungs von heute stehen auf Weiber mit dunkler Hautfarbe, die führen sie im Dunkeln aus, und wachsen darin, wenn die Frau an ihrer Seite all die anderen Frauen im Vorbeigehen abpasst, die ihnen am liebsten sagt, wie wichtig es für andere sei ohne ihren Traumtyp, sich selbst anzufassen. Er dann ganz stolz, als zukünftiger Pascha, zieht sich der Frauen dummes Gesicht dabei wie einen neuen Pullover zu Weihnachten an, und glaubt, es sei das beste, was ihm widerfahren war, solch eine emanzipierte Frau an seiner Seite zu haben. Vielleicht irgendwann mal steht nur unausgesprochen im Raum, trug sie selbst einen echten Pelz im Winter, nur zu kurz gedacht, sich mit der Haut eines anderen Lebewesen, nicht das Fell einer anderen Frau einfach so überzustreifen ?

Marianne

Ich habe nie so richtig verstanden, was es sonst noch so zu feiern gibt. Die heutigen Zeiten sind merkwürdig. Es hält sich nur so die Waage, wenn man die Dinge loslässt, und sich selbst für in Ordnung hält. Meine Schuhe sind Damenwanderstiefel von der Bundeswehr seit zehn Jahren. Mein Pullunder ist kein atmungsaktiver Polyester mit Karomuster. Mein Essen oftmals ist, das besser schmeckt, als es aussieht. Sieh hin, deshalb habe ich ein absolut vegetarisches Essen einfach in die größte Keramikschüssel als Mischmasch mit Hirse im Angebot, aber dafür für Allergiker habe ich auch Bio-Wein besorgt, für Autofahrer selbst Alkoholfreies Bier bei Bedarf. Uns sonst steht hier so dies und das herum, dem einen schmeckt vielleicht ein Zitronen Auberginen Knobi Dipp, dem anderen Kichererbsenaufstrich auf Weißbrot, sonst hatt es zu den bereit gehaltenen Calzone gefüllt mit Bohnen, Tomaten, Paprika, Chili, Mais, Speck und Krabben, auch die Taccos für den schnellen Hunger und auch Cola oder Fanta. Und wenn nur fünf Leute da sind, dann essen wir eben bis wir platzen.

Sophie

Warte auf die langen Nächte im November, in denen ich meine Geburtstage nur alleine feiere. Es gibt keine Garantie auf nichts, das ist wie in der Liebe. Die kann auch von einer Aussage zu nächsten plötzlich aus und vorbei sein. Es ist wohl das Einzige, was uns geblieben ist zu tun, zu essen, was auf den Tisch kommt. Die anderen rennen in ihre Tempel mit Fraß, der krank macht. Fraß, weil des Unholds Gemeinsinn darin, würden die Leute entdecken, dass sie auf dem Land ihre Hühner selber halten, wäre das auf lange Sicht kein Zugewinn. So kann es nicht jeder haben. Die Gesellschaft mag vorteilhaft greise, vorlaute Leute abfüttern, aber im Alltag unterstützte die tapferen Frauen niemand. Das ist das Unrechte an dieser Welt.

Marianne

Ich weiß, wie oft ich als Kleinkind den älteren Erwachsenen gegenüber stand. Wenn ich einfach der war, der ich bin, schlug man mir ins Gesicht. Wenn ich draußen von einer kleinen Maus verzaubert war, kam ein Alter vorbei und hat die Maus vor uns Kinder Augen zertreten und geschimpft. Wenn ein Rentnersack eine Äußerung gegen Dunkelhäutige machte, bereitete ich ein Paar darauf vor, wenn sie jetzt um Ecke biegen, scheint die Gefahr für definitives Glatteis zu sein, sie sollten sich das besser sparen. Wenn ein Nachbarsack meinte, er gondelt sein Rad über die Breitstraße, ohne auf Autos zu achten, weil er das kann und darf, stürzt das Rad um und das Auto hätte ihn fast erwischt, begegnet man ihm in fast derselben Situation am selben Punkt wieder, zischt er wie ein Entdeckter Anarchist. Wir wissen Bescheid, in folge dessen, dass auch Ärzte in der Stadt Rassisten sind, die in der Freizeit Leute anschreien, dann hat derjenige bei seiner Missionar Stellung den Bremsstreifen schon von seiner alten Glatze runter gut anzusehen, nur wie weit kann ein Mann gehen, der an jeder Ampel beim Warten auf Grün aus Wut knallrot anläuft, seine Kundschaft zu vergraulen ? Jetzt wird wohl klar, warum es keinen Kontakt mehr gibt, kein Weg mehr. Ich denke, man ist in der Familie auf diese eine Weise mit mir umgegangen, weil man ganz sicher gehen wollte, dass ich an solche Orte, die ohnehin von

Erinnerungen vergiftet sind, am besten nicht mehr zurück kehrte, zumindest hatte man mir das mehrfach zu Begräbnissen und meiner Zuwendung klar gestellt, es sei das Beste, wenn ich in Zukunft Frieden wahre und fernbliebe, und das schon am Telefon. Ich hatte es noch gar nicht so eilig, die Familientrennung zu vollziehen, als ich noch nicht mal die Schule beendet hatte oder über die Zukunft nachdachte. Das wurde mir dann abgenommen.

Dann ist eine kurze Verschnaufpause im Raum. Und es klingelt.
Gudrun, die Gyde mitbringt, Raphael, Brad, und Günther schneien herein.

Marianne

Meine Güte, je später der Abend, desto schöner die Gäste ! Ja, meine Güte, damit habe ich jetzt überhaupt nicht gerechnet, Mensch, ist das schön !
Damit habe ich nicht völlig umsonst für Besuch vorgesorgt, und das ganz neue kleine Ikea Sofa besorgt, dass Ihr gern heute einweihen könnt und Euch bei mir hineinplumpsen lasst.
Lasst 's Euch sagen, Leute !
Wer ist laut genug, die Partnerschaft raus posaunt,
der ist meist verheiratet, hat was aber mit allen.
Wer lange genug abwartet, hat alle Zeit der Welt mitanzusehen,
wie Leute vor ihm stehen, ihr Leben zu entwirren.
Wer die Leute auch darin überrascht, die Freude macht,
den kürzeren Weg kennt, sich offen Luft zu verschaffen.
Wer jeden noch kennt seit dreißig Jahren, deren Geschichte kennt,
wird auch genauso lang geachtet, und erinnert von anderen.
Wer weiß, dass andere ein Auge auf Mutti haben,
weiß auch, dass die Liebe nicht unbedingt durch den Magen geht.
Wer sich überarbeitet wie ein Handwerker, hustet irgendwann,
bei der Sache zu bleiben, ist Sport und Essen ist gesund.
Wer nur Mutti' s Liebling, doch vergisst so dies und das,
sieht nach mehr aus als es ist, der ist nicht am Allerwichtigsten.
Wer eine andere Familie liebt, der sagt Menschen das,
wann er verliebt ist und in wen, entscheidet, wen doch nicht.

Die Leute verkrümeln sich durch die ganze Wohnung, auf dem Esstisch stehen die Speisen, wer sich eine fertige Calzone im Ofen warm machen will, schiebt sie aufs Blech und nachher Knabberzeug und Getränke frei nach Laune.

Es ist sich keiner zu fein, den anderen kennen zu lernen, und nach deren Interessen zu fragen. Ein paar sind noch von der Arbeit gekommen und nah am Burnout fallen sie zurück und schlafen fast ein. Aber es sollte auch eine Party zur Erholung sein.

Marianne

Ich schlag Euch ein Spiel vor ! Jeder sagt mal ein Ungelogen Ding seiner Vorstellung, das ihm spontan in den Sinn kommt !

Die Leute sind begeistert. Cool bringt einer nach dem anderen seine „Ungelogene" Schote zum Besten.

Ungelogen,
noch nie habe ich mir vorstellen können, dass ich an einem fast leeren Flugplatz etwas zu Essen kauften wollte.

Noch nie ist erkennbar, dass ein Terrorist im Flugzeug vor der Explosion noch unter Wassermangel gelitten hatte.

Noch nie stellte ich mir vor, dass in einem Trauerfall meiner Familie, der der Hausmeister als Privatermittler für menschliche Bedürfnisse seine Anteilnahme für mich übrig hätte.

Noch nie habe ich mir ein Leben so kurz vorgestellt, dass es jetzt der Zeitpunkt wäre, dass mir jemand ausdrückte, dass ich ihm sympathisch sei.

Noch nie konnte eine jüngere Generation dafür Sorge tragen, von wie vielen Delikatessen ihre Alten täglich träumten, würden sie noch mal jung werden.

Noch kein arbeitsloser Polizist mit Sprachdefizit hätte mich in sein fernes Land eingeladen, ihm seine Desillusionen weg zu sprechen.

Noch keine herzlose Mutter hatte alle davon beeindruckt, wie herzlos sie mit ihrer werten Tochter umspringt wie mit einem dressierten Hund.

Noch kein Mensch hätte nicht ausgesprochen sexy auf andere gewirkt, würde man an ihm ansehen, wie gedemütigt er wird.

Noch keine Mutter, die bereits im Himmel ist, verliert die Worte, die sich über die Kinder alle gemacht hat, und ein Verzeihen nie ausgesprochen war.

Noch keine Schwester war damit gesättigt, dem hungrigen Hund aus der Tierspende gleich, einen Hundeverschleiß hat, wie dem von Männern.

Noch kein verkappter alter Hippie verhindert altersgemäß dummes Zeug zu reden, damit die gemeinsamen Stunden nicht mehr vereinsamt klingen.

Noch kein Problem in der Welt ist gelöst worden, weil niemand die komplizierten, unfairen Dinge konfrontieren mag.

Es gab ein Riesen durcheinander gehendes Gelächter !
Sie hatten im Spaß die Bäuche voll,
und so hatte es allen bis zum Schluss gefallen.
Die Sorte Gäste kann man sich nur wünschen.

117

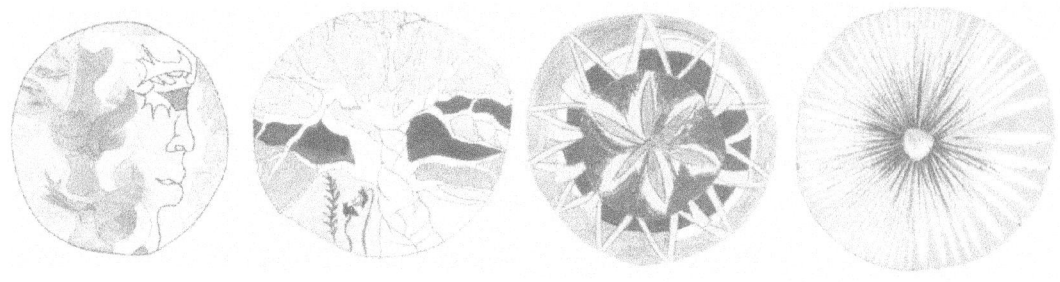

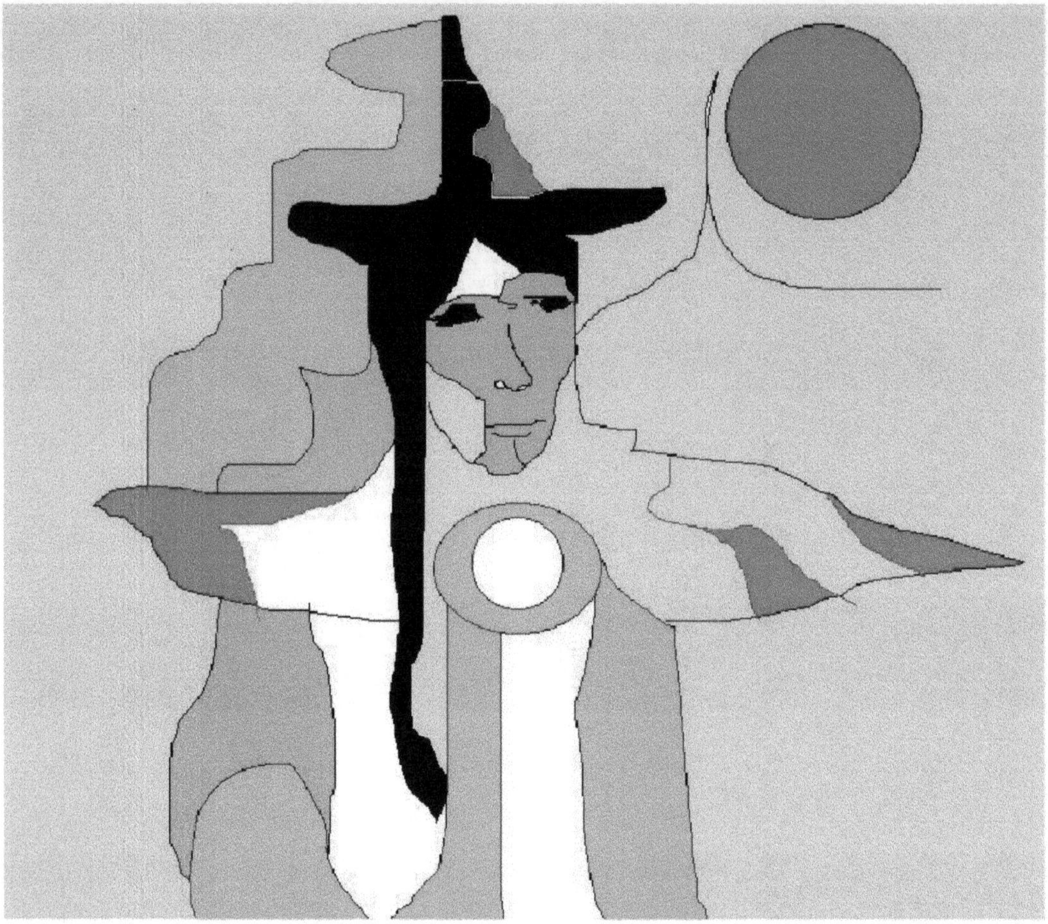

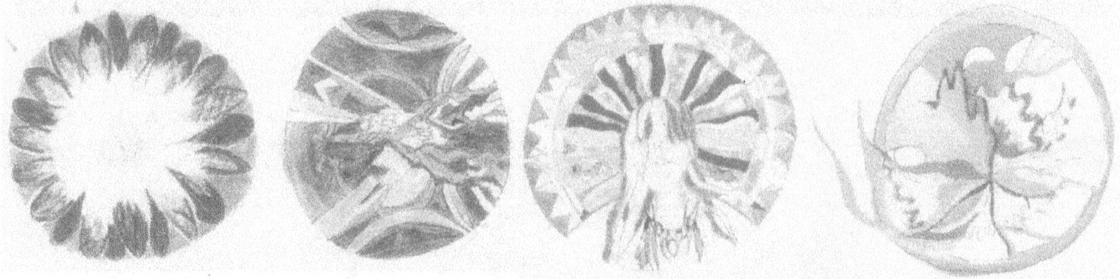

"Heike"

Die Wichtigkeit der Welt

«die korrupte Nonne, die Novizinnen an Freier verhökert,
der Verfolger, der sich im Fahrzeug versteckt,
der Werbefachmann die Ex vorschiebt,um interessant zu wirken.»

Marianne folgt dem Gang durch die Woche. Dann an Freitag gibt sich ein neues Wochenende die Ehre. Sie sieht mal bei Gudrun rein, wo sie Frelsy abholt. Sie ist gerade dabei ein Gulasch zu kochen, und zu dritt finden sie sich am Küchentisch zum Essen.

Gudrun

Soll ich dir was sagen ? So fern ich die letzte Beziehung abgelegt habe, ist mir aufgegangen, mit denen hab ich nie wieder was zu tun. Es ist keinen Leuten zu vertrauen, die ihr Mitgefühl heucheln, dass man zeitlebens von Männern ausgenutzt wird, aber sind dieselben, die einem in den Rücken fallen, so als gäbe es einen ab einem Zeitpunkt gar nicht.

»Denn die einen sind im Dunkeln, Und die anderen sind im Licht
Und man siehet die im Lichte. Die im Dunkeln sieht man nicht.«

Marianne

Guten gesagt, alle zusammen halten sich immer für die Moralapostel, aber nur was andere betrifft, und werden beim Hinsehen mitunter die größten Feinde, die sich die Gesellschaft nicht mal erträumt. Wir gingen, ohne zu wissen, wohin der Weg führte. Wir vertrauten Menschen, die keine Freunde oder Angehörigen hatten. Wir dachten, wir wären an einem sicheren Ufer gelandet. Aber es waren Illusionen, um die Tage zu vergessen.

Gudrun

Das Schlimmste am Verrat ist, dass er nicht von einem Feind kommt. Der Verrat, der ins Herz geht. Das ist der Grund, warum der stark empfundene Schmerz dich von innen aushöhlt, und dich töten würde, das Grau um dich nicht mehr sehend, das Lachen der Welt nicht mehr hörend, das Gesprochene nicht mehr spürend, die Tränen anderer nicht mehr ahnend, doch die Bahntrasse, vor die sich zu werfen .... so nah !

Marianne

Da ich mir in den letzten drei Tagen über manches klar werde, kann ich der Welt über meine Familie reinen Wein einstoßen. Weil ich sehe, wie vielen anderen es genau wie mir erging, die auch darüber hinweg kommen müssen.

Mir geht gerade ein Licht auf ! Nur im Nachhinein fällt mir auf, was die Fortsetzung dessen war, warum man mich dreijährig beinah auf der Spanischen Insel vergessen und ausgesetzt hatte ! Später als ich versuchte Kontakt zu Freunden aufzubauen, und drei mal Freunde der Familie vorstellte. Jeder der drei Freunde wurde von mir von einer gewesenen Vergewaltigung unterrichtet, die mir widerfuhr. Der erste, der Zweite und der Dritte wurden mit mir im Riesenbogen aus dem Elternhaus an die Luft gesetzt, ich selbst mit ihnen in die Straße verjagt, ohne Chance einer Rückkehr. Es sollte kein Freund in meinem Leben sein, der über die Tatsachen Bescheid bekam. Es ist kaum machbar darüber zu berichten. Dass die Verwandten einen besonderen Lebensstil entwickeln wollten, ist mittlerweile vergeblich. Der Moment ist vorbei. Man sieht sie alle nur noch regungslos in Stagnation verharren, in isolierten Gegenden, in Regalen ein paar Trophäen, kaum auseinander zu halten, es herrscht überall der normal kahle Ikea Stil. Würdest du bei ihnen ein bisschen ausmisten, fände sich in jeder Kühltruhe im Keller eine Leiche eingefroren. Der Reis und das dazu schmeckt alles gleich. Die Abende der gewohnten Hirntoten betreten durch die Eingangshallen durch Häuser so eintönig wie die Angehörigen, die auf den Sofas liegen.

Gudrun

Ich sprach immer schon davon, lass die Zwiebeln aus dem Essen, ich kann sie nicht vertragen. Willst du mir zwecks richtiger Ernährung dazu etwas neues sagen ?

Marianne

Dass ich heute noch jedes mal über die Tatsache von Zwiebeln im Essen lache, den diese ganzen Selbstdarsteller sich allein über den Namen der „Charlotten" mokieren, weil die Charlotte als Frau gesehen, mit dem schönen Namen Garantie gibt, dass es diese eine Frau gewesen sein könnte, mit der ihr Ehemann ziemlich sicher vor ihrer Zeit „fremdgegangen" sein wird. Im besonderen gehen Geschwister damit besser nicht auf die Straße, deren Leben nur Sinn macht, jedes elterliche Essen umsonst täglich abzugreifen, wenn man ein paar möglichen armen Kindern, etwas spenden will, die sofort zugreifen, wenn man ihnen den Teller voll entgegen stellt. Da entsteht beileibe der Begriff sich äußerlich so schick als möglich zu zeigen, um von anderen bewundert zu werden, denn ein behängter Weihnachtsbaum auch als Snob zeigt die Klasse.

Gudrun

In der Tat. Solche grundlegenden Probleme einer Partnerschaft zu thematisieren, bringen die Zuschauer zum Bersten.

Marianne

Die einzige Darstellung alternd gemeinsam auf dem Sofa und manchmal darin aufwachend, all der menschenfeindlichen Äußerungen, die man sich über den Rest der Menschheit erlaubt hat, bedeutet dem Paar abends essend in der Stube vor dem Fernseher, kein Entkommen. Es bleibt daher nach dem Tod von alldem nichts mehr übrig. Darüber traurig zu werden, dauerte bisweilen 55 Jahre, aber dann ist Schluss mit lustig.

Im Gegenteil, es würde nur noch über sie gelacht und weit weg in Harmonie gelebt. Ich weiß folgendes. Ein Kind, das sich bildet, studiert, das Leben erfährt, gute Noten schreibt, sprachen lernt, sich mit allen Leuten gut darauf versteht, klar kommt, ist für Alte einfach beneidet als „uninteressant" abgewunken und verdrängt.

Gudrun

Die bequemste Art sich durchs Eheleben zu mogeln, ist die Tatsache einen Reichen gehabt zu haben, von dem man sich geschieden, dadurch zu Geld gekommen, dies mit einem treuen gutmütigen Kerl zu teilen, wenn er stets darum bemüht ist, sich seine Zärtlichkeiten bei ihr zu verdienen. So erfindet sich eine Art Treue, die eines Hundes, der sich krümmt, ohne Sex miteinander zu erleben, weil ältere Ehen gewöhnlich das nicht mehr thematisieren.

Marianne

Ich habe dem vorzubeugen bis zuletzt keine Beziehung zu jemanden ausgelebt, weil das kindische Zusammenraufen in der ersten großen gemeinsamen Wohnung vergleichbar ist mit „Jetzt werden wir, um es uns kuschelig zu machen, einfach alles erdenkliche kaufen !" die Menschen, die sich aber nie füreinander entscheiden, sich ihr Interesse nicht eingestehen, sie geben nicht zu, dass sie gedanklich immer beieinander wären, ohne dass sie nicht mehr leben wollen. Das Anschaffen ist infantil. Das ehrliche Zuhören ist die späte Version sich die Liebe zu gestehen. Man braucht dazu kein Feuerwerk, sondern fasst sich bei den Händen !

Gudrun

Darum ist es peinlich, den Jungen, die sich zum ersten mal verlieben, keinen Platz zu bieten, sich auszuleben, als wollen die Eltern selbst noch im Bett der Kinder eine Rolle spielen, und was nicht deren Bier ist, doch mit Druck zu erzwingen. Genauso muss die Tochter der Helikopter Eltern sich zum ersten mal schwanger mindestens fühlen, als hätte sie zu viele Antibiotika eingenommen, müsse sich neun Monate lang übel fühlen, stets was essen müssend, unter Weinkrämpfen leiden und bis zuletzt übers Schwanger werden gar nichts wissen.

Marianne

Das ist in meinen Augen das extremste an Missbrauch, weil es in den eigenen vier Wänden stattfindet, und nach außen nicht geahndet wird ! Die Eltern würden ihr dann autoritär einschärfen, dass man bei einer solchen Antibiotischen Behandlung auf keinen Fall Alkohol trinken darf ! Und Mütter dürfen ihrer Kinder Zimmer nie mehr verlassen, ohne etwas anzufassen ! Und Kinder gehören nur ins elterliche Schlafzimmer, um die Alpträume passgerecht zu übernehmen !

Gudrun

Dazu meine Liebe, und zur Feier des Tages großer Erleuchtungen, bietet es sich an nach dem Essen einen Schluck sauren Riesling zu gönnen. Je bitterer das Leben als solches erkannt wird, desto besser schmeckt der Wein. Das hat die Großmutter immer gesagt !

Marianne

Ich schick meine Tochter neuerdings im Schwimmbad zum Schwimmkurs für Anfänger. Wenn sie das beibehalten will, soll sie ruhig im Verein bleiben, und würde mit den anderen Kindern im Teamsport gefördert. Was mir aber dabei auffällt ? Sie schließen mittlerweile die Bäder im Land. Die Gesellschaft muss die Finanzen im Griff haben, ist die Begründung. Heute braucht man Geld. Bringen Sie Ihren Kindern das Schwimmen bei. Weniger Wasser, hohe Kosten. Baden in französischem Mineralwasser. Keine Schwimmnudeln mehr. Kinderspiel mit Delfinen im Becken und Fußpilz das Statussymbol ! Aber den Kindern den Spaß im Wasser zu verderben, ist derart unsozial, und ungut für deren Entwicklung.

Gudrun

Wir haben alle mal als Kinder begonnen, und uns wurde als Frau gesehen, die Chance geboten, das alles als Erwachsene zu durchschauen, um unsere eigenen Kinder wieder darin aufzuklären. Noch besteht ein System, doch was würde, wenn die Politik einfach alles weiter schleifen lässt, bis das, was alles kaputt geht, nicht mehr reparierbar sein wird ? Ich fühle glücklich den Wind, der mich hierher blies, um die Gedanken zu klären. Ich will nicht eines Tages aus einem Land fliehen, wo ich die Freiheit nicht mehr genieße, den Wind in den Zweigen der Bäume zu sehen ! Ich stehe dem Glauben entgegen, nur verkrüppeltes Vertrauen zu geben, oder um den halbseidenen Rhythmus seiner Liebe zu erfüllen, der mir dennoch fremd blieb, um alles zwischen ihm und mir, nur zwischen Verrücktheit und Vernunft auszuleben.

Ich liebe meine wahren Freunde, und das tu ich seit vierzig Jahren !

Marianne

Ich sage zur neuen Generation, die heran wächst :
Ihr habt die Zukunft in eigenen Händen !
Bequemlichkeit hat dir eines eingebracht :
Lebe selbstlos, verloren, leichtgläubig.
Himmel durch Wolken gekreuzt. Düsternis lebt ihren Lauf.
Eine Falle folgt der anderen im Arm des Vertrauens.
Kirschen und aufsteigende Feuerringe. Es ist nur Illusion !

Gudrun

Ich klopfe bei dir an. Ich will was wir zwei haben nicht verlieren. Liebe ist besser als alles andere. Liebe macht mir Angst. Lass mich diese Chance leben, auch wenn es dir Angst macht, wir können lernen, uns einig zu werden, unser Beisammensein zurecht knüpfen. Ich weiß, es gibt Regeln, an die auch ich mich halten will. Ich will mich deiner Zärtlichkeit und Liebe beugen.

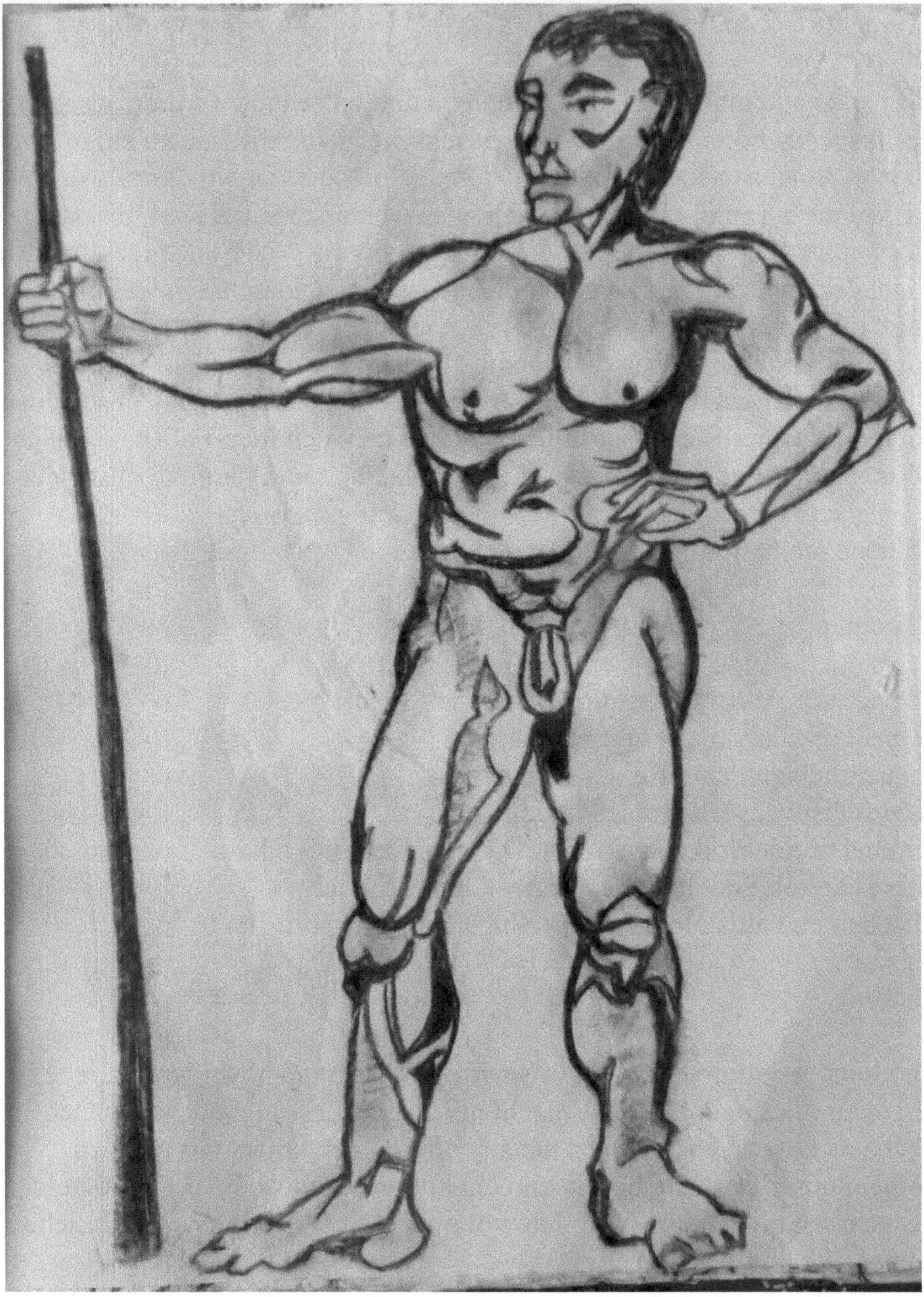

Marianne

Ich kann nicht behaupten, aus der klassischen Spießer Familie abzustammen. Eher der prolligen Schicht, wo sie sich für Spießer halten, die sie gar nicht sind, aber so gern dazu gehören wollen.

Ich stelle mir die Spießer Familie etwa so vor :

Der Junge Vater zuhause bei Mami und Vati, steht am Kühlschrank bevor er etwas sagen möchte. Er weiß sich gut in die Lage seines schwangeren Mädels hinein zu versetzen, weil er fühlt genau dieselbe Übelkeit, wenn er das falsche gegessen hat, zu viel schlechte Filme gesehen hat oder zu lange in Papa' s Garten gelegen hatte. Wo noch zu bemerken wäre, manchmal könnten die Reichen so sitzen, bis ans Ende ihres Lebens, der ganze Stil macht richtig nachdenklich, sehnt man sich zu seinen Wurzeln, und träumt vom Frieden, so wie man es früher immer schon getan hat. Wie sehr man sich doch zu heutigen Zeiten an all den Luxus gewöhnte ? Es sei doch eine ärmere Welt, würde es den Fortschritt im Glanz des Wohlstands nicht gäbe ?

Gudrun

Du hattest völlig Recht damit, allein zu erziehen. Und auf alle Fälle den Einfluss der Proleten aus deine Erziehung raus zu halten.
Unerträglich, welche Dinge könnten die Wärme abhalten ?
Die betont vorausblickenden Gehirne von heute, ruhen sich bei jedem Problem erst mal neun Stunden aus, und dann kann man über Verantwortung nachdenken, als würden in dieser Zivilisation Hirne schon deutlich auf die Größe von Fliegen schrumpfen ? Weniger Masse sagen sich faule Leute, hält schlank, dabei können die monumentalen Gelüste vielfach werden, die Eier alle morgens in die Mikrowelle und es backt sich ihr Frühstück zurecht. Weniger Gebrauch lebenswichtiger Organe, macht Gesundheit an sich überflüssig, sagt man, der Körper auf Sparflamme, aber gern die Fenster absuchen, nach den Mädels, die sich vor Leuten ausziehen, und sie holen sich drauf einen runter.

Marianne

Wer nicht würde drauf springen, würde den Wehrlosen die Kinderschar genommen ? Das diente zur Nutzung verdammt neuer Matratzen in der netten Nachbarschaft, sie sind auch so nett und tragen sie ihr noch hinein, und welches junge Ding heult nicht gern noch 100 Jahre dem Prinzen in der Ferne nach, der nur kam, um ganze drei Tage mit ihr zu verbleiben, und nur ein Notfall sagte ihm, er müsse merkwürdig wie es aussah, schleunigst wieder in sein Land zurückkehren, die Seinen riefen. Und jeder klärt diese Mädels auf. Und jeder warnt sie vor all dem, was gegen sie widerfährt. Und jeder gibt ihnen schriftlich, wie so einer über sie denkt. Und jeder sagt ihnen all dieselben Beispiele, wie es anderen vor ihnen erging, die nicht hören wollten. Es tut aber nicht nötig. Sie wollen es immer so, einmal diese Erfahrung zu machen, für sich selbst zu entscheiden im Leben !

Gudrun

Als ich etwas jünger war, dachte ich, trau dich und such mal die Mitgliedschaft in so einem Ruderverein, um ein bisschen aufs Wasser zu kommen, und für die Bewegung gemeinsam an frischer Luft. Das war einer der größten Fehler, die ich machte, weil der Hauptbestand der Mitglieder Beamte oder andere Wohlbetuchte waren, die mich mit Vorbild vor deren Kindern allen voraus zu diskriminieren suchten.

Die Präsidentinnen des IQ, egal nur im Verein der Dekadenten, sie lachen so gern, sehen zu wie unbezahlte Kräfte alle Arbeit alleine machen. Sie sagen Pferdebesitzer leben gefährlich. Aber ihre behinderten Fälle von der Unterschicht klären das schon von allein, dass alle Nichtmillionäre, diese Schweinehunde, die in Zukunft nicht für Lohn arbeiten, aber ohne Arbeit entlohnt werden, dagegen diese die leisten, sondergleichen unbezahlt. Einparken ist auch so ein Problem, schwierig für eine Beamtin der Zukunft, ihren Pferdehintern im Sechser mitten auf dem Gewässerarm vor der Rückreise durch die dünne Fahrt unter die Brücke von einem Sitz zu dem anderen Sitz zu wechseln, und dabei einen Wutausbruch zu erleben, wenn dabei ihre Trainingshose ein Loch kassiert. Man nennt solche zukünftigen Lehrerinnen im internationalen Lauf der Schnecken, die Scheinschwangeren. Die versuchen wehrlosen Kindern beizubringen, was ihre Regeln zu respektieren heißt, die Klientel der Rassisten zu beherzigen. Doch der Lack ist schnell ab, ein I-phone hat auch ab und an den Knacks des Lebens.

Marianne

Es ist schon erstaunlich, was manche Menschen mit machen !

Gudrun

Wer also wird für lebenslanges Verständnis seiner Umwelt und all der darin lebenden Menschen damit bestraft, im Alter hinten an zu gehen ? Es sind alle. Alle, die im Lauf ihres aktiv verlebten sozialen Lebens, den Zustand belebten, für andere mit zu fühlen, ihren Geist zu stärken, und niemanden abzuwerten. Was gut in der Hand liegt, ist auch für älter werdende Menschen, denen man immer fleißig diente, die Wasserflasche, die Bierflasche, die K.O. Tropfen in der Taschenflasche. Aber die Leute sollten sich auch noch für deren rund um gehende Pflege für Intensiv Fälle im Alter schämen, die täglich auf ihrer Arbeit mitansehen müssen, wie Leuten beim Verfall zusehen, die sonst immer im Porsche gesessen haben.

Marianne

Es ist schon deutlich bemerkbar, wenn Leute, aus Bescheidenheit betrachtet, ob reich oder ob arm, stets alles in Gemeinheit, Unhöflichkeit, sich in ununterbrochenem Aufspielen, Missmut, der Art und Weise Menschen fertig zu machen, der Ungeduld, und Unfähigkeit Dank zu zeigen, was durchaus nicht vom Bankguthaben abhängt, sich wie ein solcher Stümper zu verhalten, würde man sie in den Himmel anheben, wären sie die gleichen !

Gudrun

Solchen Menschen in Selbstüberschätzung stehen förmlich die eignen
Vintage Möbel im Weg, sich im Dunkel selbst zuhause die Köpfe dran
einrennen. Die Frage besteht, ob deren Badezimmer noch ein Fenster zum
Lüften enthält, oder der Scheiß gar nicht mehr entkommt ?

Marianne

Wie nennt sich sonst eine Familie in engem Kreis alle involviert sind,
die von unglaublich negativer Aura von einem zum anderen springt ?
Es sollte nicht die höchste Befriedigung, die in der Liebe zu ihrer höchsten
Befriedigung bringt. Weil Menschen, die erkannt waren, oft nicht wissen,
was sie tun wollen, würde einfach das Benzin ausgehen.

Gudrun

Dies ist nicht persönlich gegen die Sorte wohlhabender Menschen gemeint,
sondern ist eine gängige Redensart. Wir sind die beiden Mächtigen der Erde
Du, der du alles hast und ich habe nichts.

Marianne

Gerechtigkeit einfordern, ist ein zweischneidiges Schwert, was jeder denn
für gerecht hält, das legt jeder anders aus. Gegen Wohlstand demonstrieren,
ist wie die Darkside of the Moon anbeten, man geht um sein Denkmal
herum, und betrachtet die Dinge plötzlich von beiden Seiten, aber sein Maul
weit aufreißen, ist mehr die Freiheit, die ihn hegt und pflegt, selbst mit
Füßen zu treten. Ich weiß, dass Leute, die in Arbeit sind, sie sind nicht das
Allerschlimmste für unser System !

Gudrun

Ich denke auch, Wohlstand muss erst verdient sein.

Marianne

Ich habe in Skandinavien auch Familie. Nur diese sind so korrekt. Sie lassen mich einfach in Ruhe mein Leben leben, und reden mir noch nicht mal in Erzieherischer Weise hinein. Als ich mich mit ihnen früh absprach, dass ich keineswegs deren Unterstützung erbitte, und darauf verzichte zu Geburtstag Weihnachten und sonst noch wann Grüße und Geschenke zu erhalten, beließen wir es auch dabei. Ich empfand unsagbare Ruhe danach.

Wenn Kirkegaard gesagt hat,
„Je origineller ein Mensch, desto tiefer seine Angst!"

Gudrun

Deshalb sage ich es dir hier und heute auch. Behalte den Abstand zu deiner ehemaligen Familie im Ganzen und für immer, und lebe dein Leben. Sie würden es dir immer nur verderben, also wirst du ihnen nimmer wieder unter die Augen treten, weil es nur zu deinem Schaden ist.

Die negativ Aura einer Frau schließt auf ihre Eifersucht.
Ein Stümper bewegt sich als Gangster auf einem kleinen Schachbrett.
Er taucht nur so tief wie in einem schattigen dunklen Teich.
Er lebt in der Einbildung, alle anderen befänden sich im gleichen engen Horizont, im selben trüben Gewässer, da man ihn niemals findet.
Ein Ermittler sucht aber fortwährend in der Weite eines ganzes Meeres.
Rasch tritt der Tod den Menschen an. Es reißt ihn aus dem Leben.
Fort war sein Leben gegeben. Nicht meine Worte sind der Wahrheit gewiss.
Unbewusst doch jetzt wird die Wahrnehmung, dass die Musik spricht.

Marianne

So denke ich auch. Es besteht nur noch die einfache Frage zu dem,
dass die Liebe zum Schönen manchmal so hässlich sein kann?

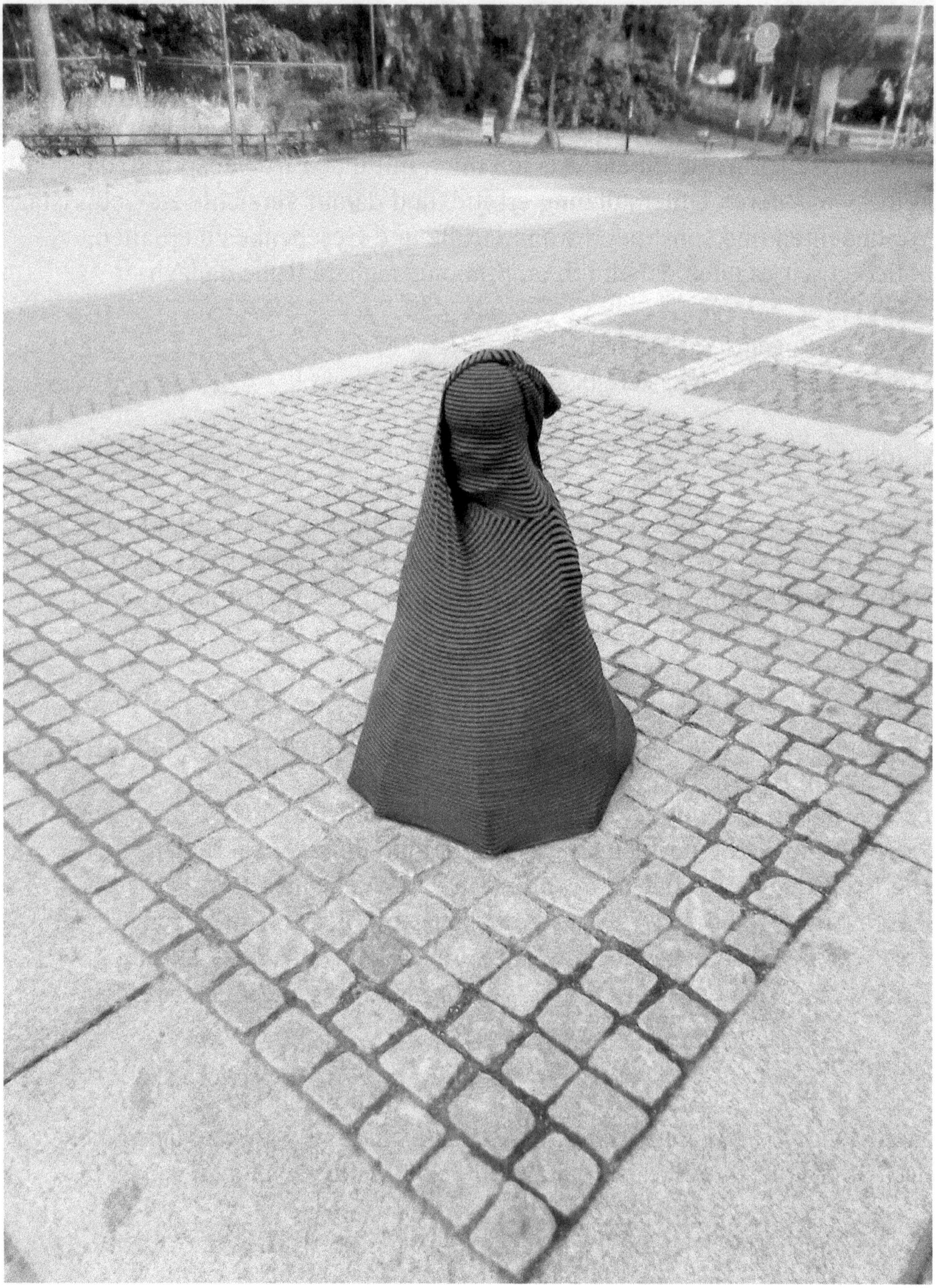

Nachwort

Was für mich in meinem Leben das Richtige ist,
das hat mir noch keiner je erzählt,
nie ein Mann, der sich erdreistet, mich zu schützen,
weil eine Frau vielmehr jemanden braucht,
der weiß, welche Gefühle sie hegt.

Gut, so geh ich davon aus, dass ich mich nie wieder
mit Leuten aus der Städtischen Szene anfreunde,
nachdem sie mich da denunzierten.
Die Teilname an brauner Sauce ebenfalls. Es hält mich passiv.
Es können doch die anderen zeitlebens ihren Lüsten nachgehen,
dann besorge es sich jeder, wie es ihm beliebt, das Geschäft aller,
mit wie ihren Haustieren sie Manien testen, und wie vielen Schafen
sie mit Stöcken hinterher jagen, um sie in den Kochtopf zu treiben.
Dann freu ich mich. Ich war immer der Meinung, wenn der Freund von
ferne erst Luft der anderen grünen Wiese schnuppert, sei dieser für die
kommenden Jahre ab vom Hof. Es ist besser auszuhalten, im Wissen, dass
dem so nicht ist, weil es kein Spaß ist, den man hat, mit jemand, von dem
man weiß, wie grob er bereits mit anderen umgegangen ist. Niemand wird
verzaubert, dass er mich nur braucht für den kleinen Hunger, und tatsächlich
dann ab vom Hof ist. Für solche fehlt einfach die Zeit und Aufmerksamkeit.
Weil ich solche Leute kenne, denen man ansieht, wie galant sie jemanden
am ausgestreckten Arm an ihnen abrutschen lassen, sei es auch nur im
Namen der „Liebe" es den selbst überzeugten Emanzen mal richtig zu
beweisen, wie weh der Mensch dem anderen tut, um es den Leuten
allgemein nur zu zeigen, dass sie besser sind als die und niemand von
Enttäuschung gefeit ist. Die Demonstration, die Öffentlichkeit daran vorbei
sehend, dass es auch anderen ganz tüchtigen Frauen, die allein erziehen,
oder eben total allein dastehen, sogar von der Gemeinschaft der Frauen
ausgegrenzt werden, die sich heuchlerisch sich für emanzipiert halten.

Handwerker

Es ist nicht das Motto „Alles aus einer Hand !"
sondern „Leck mich am Arsch !"

Messer Schleifer und Schuhmacher
- ist jemand, der glücklich verheiratet, der Pflegekinder großzieht

Gärtner
- ist jemand, der beim Ausstieg von zuhause, seine Ohren aufsperrt,
- beeindruckt davon kehrt zu Vater' s Betrieb zurück und freut sich darüber, wie unbeeindruckt und angstfrei die Pflanzen da wachsen

Zimmermann
- ist jemand, der Leuten nur dient, sie glücklich leben zu sehen,
- geht eines Tages aber seinen Weg allein, beeindruckt von Falschheit

Winzer
- ist jemand, der die wahre Liebe auch anderen gönnt,
- sieht er wie schlecht man mit Individuen umgeht, trennt sich

Maler
- ist jemand, der für seine Arbeit zeitlebens Respekt erhält
- von den Leuten, die den Respekt oft nicht erfahren

Schriftsteller
- ist jemand, der Einsichten gewinnt, und Distanz einhält
- der in seiner Reife daraus schöpft, dass Kinder die Besseren sind

Pflegekraft
- ist jemand, der aus Empathie ein ehrliches Gefühl für alle gewinnt
- der sofort Arbeit erhält, und mit allem um seine Freunde kämpft

Wie einer tickt !
Wie man sich begegnet,
so auf unerklärliche Weise,
entsteht schon beim Ansehen
oft der Eindruck,
mit wem man es zu tun hat.
Man braucht kein Teleobjektiv zu sehen,
wie jemand tickt.
Es kommt doch zumeist nur darauf an,
sich bekannt zu machen,
den Horizont zu erweitern,
als Sklaven unserer eigenen Neuronen
und Determinanten, die ins Chaos führen.
Könnten wir überhaupt etwas anderes
behaupten zu sein als wir selbst ?
Die Runden, die ich noch drehen werde,
deren Wünsche ich nicht abschlage,
werden solche sein,
die das Schweigen zurecht kennen !

Du gehst am morgen zur Arbeit.
Stellst fest oh wie tut der Kopf weh !
Sie merkten es dir gar nicht an.
Wie gealtert du bist im Saufgelage.
Wusstest es im Rausch selber nicht.
Du brauchtest nur immer mehr
und am Ende bleiben immer drei Fragen offen :

"Wollen sie wissen,
was Alkohol so mit Menschen machen kann ?"

Die Frau kriegt zukünftig ... folgende Aufstiegschancen :

Sie trägt kurz. Sie hält Stimmungsaufheller für gut.
Sie lässt sich draußen begaffen. Sie tritt auf in Blütenweiß.
Sie hat den richtigen Schritt drauf. Sie verabredet sich gern inoffiziell.
Sie kennt ihre Chancen aufzusteigen. Sie weiß von nichts.
Sie kennt die urplötzlichen Triebe. Sie weiß um der urtümlichen Probleme, der Ärzte und Soldaten, die korrupte Art derer mit Geld umzugehen.

und "Wohin führt der Weg ?"

wahrscheinlich in ....

„Der Mensch will Gewissheiten und keine Zweifel, Ergebnisse und keine Erfahrungen, ohne zu erkennen, dass Gewissheiten nur aus Zweifeln und Ergebnisse nur aus Erfahrungen entstehen können." Carl Gustav Jung „Die verschiedenen Lebensalter des Menschen".

Ich sehe jetzt, dass die Schlangen zwischen Menschen unterschiedliche Formen und Kleider haben, aber sie verhalten sich ziemlich gleich.

Ich sagte manipulativen Menschen direkt, dies sei parasitär. Es ist lange her, als ich jeden Kontakt aufgab, mit den Ratschlägen von überall, habe dies Rad unterbrochen. Ich bin für solche nicht in Gefahr, denn ich kannte mehrere charakterstarke Frauen, die mich aus ihrem wirklichen Leben begleiten. Vielleicht lässt du sie einfach nicht in dein Leben, die dich nicht sponsern, aber dir in die Quere kommen.

Morgenstund hat Gold im Mund.
Aber vor der Abendzeitung haben Götter die Morgenzeitung gesetzt !

Was ist schwieriger? Ich bereue es, gesprochen zu haben
Oder das Schweigen bereuen?

Schwieriger ist es, festzustellen erwachsen zu sein,
aber einfacher wird es, wieder zum Kind zu werden,
weil dann die Last von dir abfällt,
und eine Mama mit der Faust
bereit hält, was dem gebührt,
der etwas gegen dich hätte !

Manchmal muss man eine schlechte Entscheidung treffen, um das
Schlimmste zu verhindern!?

Manchmal ist die Liebe
in ihrer Obsession
nicht die Lösung der Lösung.

Es scheint, als hätten wir alle von einer Sache geträumt und dann eine
andere erlebt.

Davon...
hätte ich Gesanges Unterricht gehabt,
hätte ich reihenweise Songs geboten,
hätte ich laut meines Werdegangs
Epen füllen aber auch Illusionen damit
wie Hoffnungen zerschlagen müssen !

Dann kommt die Ruhe der Nacht, um dir zu beweisen, dass der Lärm
In dir, nicht um dich herum..!!

endlich lösen sich Sagen in mir auf,
endlich gehe ich in Träumen entlang,
endlich verfolge ich keine Route mehr,
die Menschen schwimmen so umher,
die Orte werden ungenau erkannt,
die Leute haben keine Nachrichten an mich,
ich weiß nur eins,
ein Regenbogen wartet auf mich !

Mein Glück und ich haben großes Verständnis, ich weiß, dass es schlimm ist und er weiß, dass ich nicht auf das angewiesen bin.

"Frieden ist nicht Einheit in der Ähnlichkeit,
sondern Einheit in der Vielfalt,
im Vergleich und
bei der Versöhnung von Unterschieden."
-Michail Gorbatschow-

„Man kann keine bemerkenswerten Siege erringen;
aber man kann von den Wendungen überrascht sein,
die einen näher bringen." -Antón Chéjov-

„Der beste Weg, die eigenen Geheimnisse
zu verteidigen, besteht darin,
die Geheimnisse anderer zu respektieren."
-José Saramago-

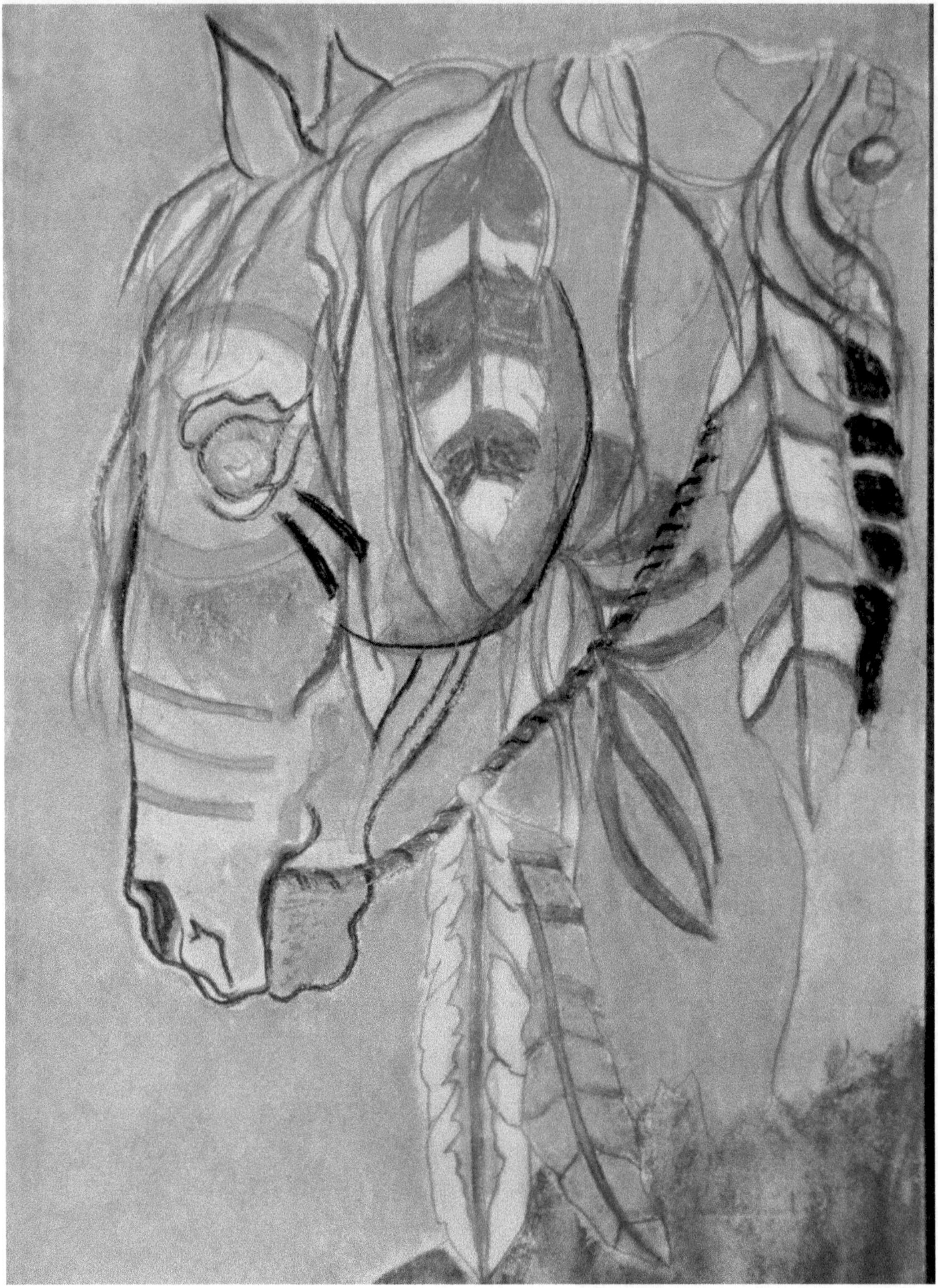

Egal welche Entscheidungen du im Leben getroffen.
Egal was dir im Leben zugestoßen ist.
Egal was du im Leben getan hast.
Egal was du alles noch tust.

Wenn dir im Leben etwas nicht nur fabelhaft erscheint,
dann tue es nicht, dann kauf es nicht, dann behalte es nicht, und vor allem
dann heirate es nicht ! Du verdienst alle universelle, menschliche Liebe auf
allen Levels. Du bist etwas Besonderes. Egal was du planst zu werden. Sei
der, der du bist.

Bewusstsein schafft, Selbstzerstörung zu vermeiden.
Verbindung zu innerer Weisheit, stärkt Intimität und Balance.
Widerstand, zurück schlagen, abwerfen, sich selbst definieren, abprallen
lassen. Das Energiefeld scannen, bei der Person, an der du arbeitest, dessen
Blockaden suchen, über das ganze Feld wandern, und die Menschen kennen.
Das Glück der Menschen ist eine zähe Angelegenheit,
es kommt nicht einfach vom Himmel gefallen,
mehr so mit beiden Händen selbst aus dem Brackwasser gefischt.
Das Glück ist mehr wie ein ziemlich kurzer Augenblick,
der feurige Mond hinter Wolken versteckt,
die Sonne umschmeichelt den Raben im Licht.
Das Glück ist ehrlich ausgedrückt was der Moment an sich empfindet,
nicht der Gartenzwerg im Arsch des Nachbarn,
selbst dass er ihn hinter Haushoher Hecke versteckt.

Ich habs versucht. Zum Judo eignete ich mich nicht.
Als Kind wollt ich nicht auf mickrige kleine Jungs klettern
das empfand ich nicht als Sport. Hätt es Judo für Einmannbetrieb gegeben,
bitteschön nur dann. So bin ich nie im Polizei Verein gelandet,
bin nie als Beamtenleiche gestrandet,
hab meine Jahre nie als Vater's ganzer Stolz verplempert,
und war nicht Mutters toxische Beziehung, ohne Vergeben und Vergessen,
ohne Vergeltung und Versessenheit. Ich war mir einfach mehr wert !

Ich sagte heute früh auf dem Markt der einen Frau,
sie möge sich in Bescheidenheit üben, warum sie für ihre Enkel
wohlweislich nur die rotbackigen jungen Äpfel kaufte ? So etwas erweckte
bei mir den Eindruck, die Dame wollte den Kindern anerziehen, gut zu
unterscheiden in Farben, es grenzte an Rassismus, ihnen beizubringen, mit
Fingern auf alle anderen Farben zu zeigen, die ihnen dann nicht passen, statt
ihnen einfach nur zu erklären, dass Äpfel gesund sind, und sonst gar nichts.

An einem anderen Stand sprach die Bäckersfrau etwas strenger zu ihrer
einzigen jungen Angestellten. Aber beide waren mir sympathisch. Sie sagte
zum Mädel " Das musst du nicht so eng sehen !"hinzu bemerkte ich " Es
stehe keinem zu, gerade den Jungen Leuten so etwas zu bemerken, es sei
doch geradezu deren Hauptfigur, immer eher alles geradezu eng zu sehen,
weil jeder es von ihnen erwartet ! Genau das schärft ihnen doch nur die
Angst "vor unserer älteren Generation in diesem Alter." Die Frau grinste
respektvoll und ging fort. Das Mädel fand mich klasse. Ich sagte ihr " Sie
meint es bestimmt nicht bös mit dir." "Sie ist eigentlich eine ganz Liebe !"

Was ich an dem Markt so mag, da kann und darf jeder einfach seinen Mund
aufmachen. Und die andere Alte hinter mir stehend, konnte sich die Hose
voll kacken, weil sie mir befehlen wollte, meinen Hund kurz zu nehmen. Ich
war da eher der Ansicht, dass es für meinen Hund besser sei, nicht an
solchen Stinkstiefeln zu schnüffeln, enthielt mir die Bemerkung aber.
Sonst gibt es auch solche Hundehalterinnen, die in der Einbildung
rumstehen, ihren aufdringlichen großen Rüden im Weg aufzubauen,
weil sie meinen man müsse nickend, aufmerksam grüßend nur an ihnen
vorbei, und platzen vor Wut, dass ich sie gar nicht beachte.

Dass Behinderte Menschen jeder Art mehr wie nicht zu normalem kognitivem Denken fähige Haustiere seien, die man auch nur dementsprechend lapidar als Nebensache verwaltet. Dass im Norden den Müttern der Eindruck entsteht, schon allein wegen des Weimarer Gesetzes, das für den Norden besteht und angewandt wird, was kein Jurist je bestreitet, dass hier die Existenz vom Kind mit derselben vergleichsweise Betrachtung einher geht, dass hier geborene Kinder nicht mehr Wert haben, als ein Haustier, das laut Gesetz nur als Gegenstand verhandelt wird, also keines besonderen Schutzes bedarf !

Ich sag dazu nur, der Nachbar wird mir gegenüber zeitlebens nur noch der Voyeur bleiben, der beim Übertreten eines roten Straßenstreifen doch bei seiner Diarrhö haften bleibt und meines Erachtens durch die versteckte Diktatur im Detail gesehen, niemals zu einem erotischen Gedanken meine Blicke initiiert, er ist einfach real gesehen viel zu fett dafür !

Ich handelte aus beruflich geeigneter Erfahrung heraus pragmatisch und geeignet die Balance zu halten doch wurde geschröpft und nachhause geschickt, man sah ein, ich hätte Kompetenz, aber das brauche man dort nicht ! Derweil eine zweite Bewerberin, Vorstellung der Kompetenz folgte :
Tränendrüse - Bedauerlicher Fall - Mitleid erregend - ohne Kompetenz
erzieherisch eher unbegabt - Beziehungsdynamisch unfähig
aber in Punkt Kollegen - auf Krawall gebürstet - auf andere zeigend
willens die Kollegen weg zu mobben - willens zu lernen sich zu wehren !

Sie erhielt den Glanzjob samt Vertrag, und noch heute mach ich sie im Vorbei gehen darauf aufmerksam, dass unter Arbeiten verstanden wird, eigentlich zur Tat zu schreiten, die Klientel nicht zu verhätscheln wie ein sprachloses Plüschtier, nach 20 Jahren könne sie mal damit anfangen ! Dank dessen, keine berufliche Chance zu erlangen, hatte ich dies vom ersten Augenblick verstanden, dass ich ab sofort keinen einzigen Menschen zulassen werde, der es wagte mich bei jeder Situation meines Lebens zu mobben ! Was dieser opportunen Frau bis heute misslang !

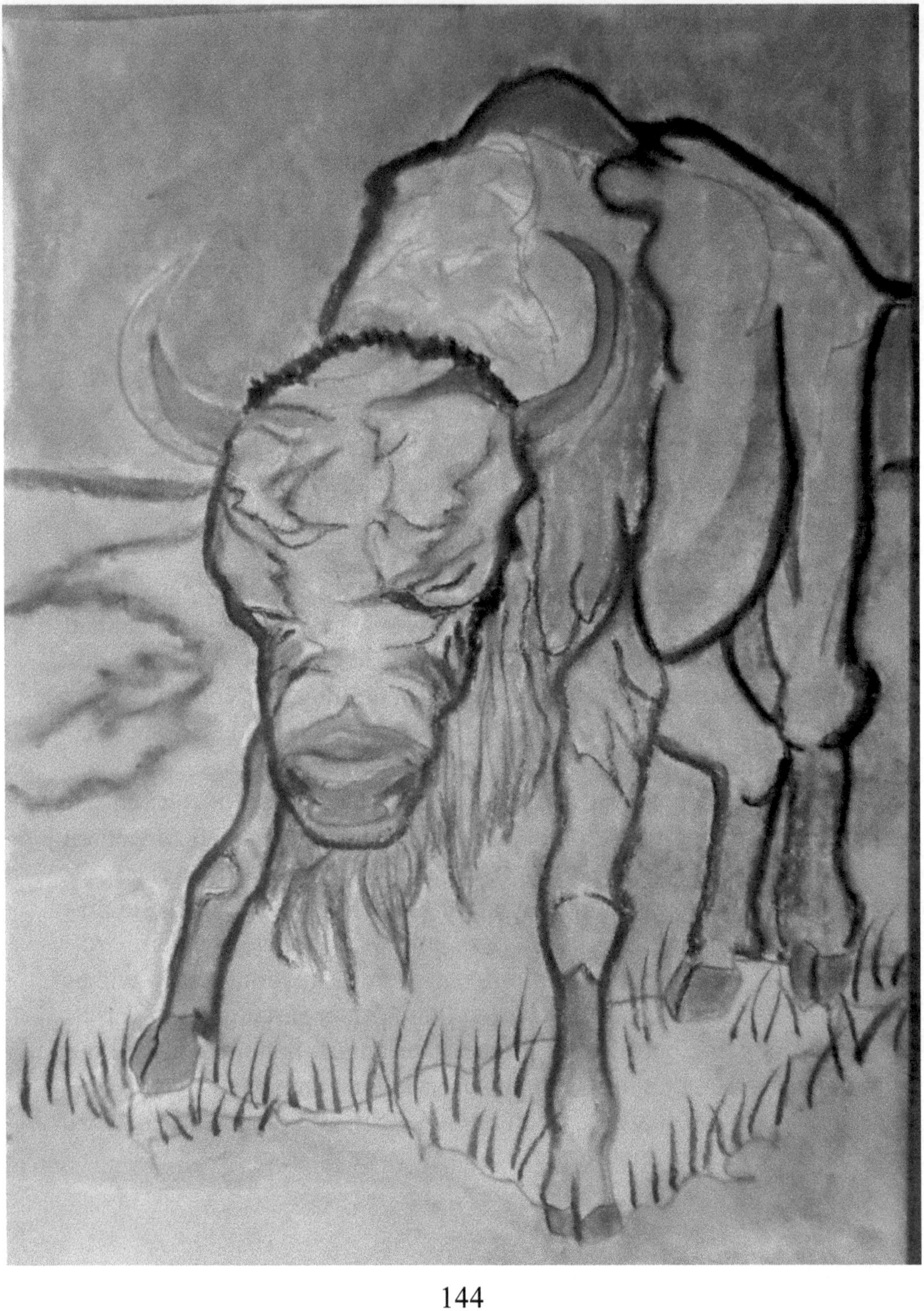

Mütter die Empathie-los sind. Ehen mit solchen teilen sich nach außen nicht mit. Sie lieben keine ungebetenen Gäste. Es soll die Psychische Kacke nicht nach außen dringen. Die Wut steckt in dem Bewusstsein, des Opfers Wissen. Sie sind wütende Eheleute aber auch kooperativ, die beide keine Ahnung haben, wozu Mitwisser fähig sind. Gespielt rhetorisches Geschick, erdacht, vielleicht im Altenteil den anderen gewinnen zu lassen, und man bleibt höflich, und man tut auf vergesslich. Sie würden keinem mehr vertrauen, der von der Tochter Missbrauch Innerfamiliäres erfuhr, wenn dadurch im Gewissen stets die Waffen gezückt. Wer lange nichts sagt, und zögert, stellt sich fasziniert. Sie zählten die Sekunden, in denen die Tochter von ihm als verrückt erklärt, zahllose Wunden heilte, Unaussprechliches verarbeitete, zunächst in einem langen Film ohne Text, bis sie dem entflieht, wie jeder einzelne Tag ihrer Kindheit außerhalb ein Entkommen aus der Familie gewesen. Des Patriarchen einzig Interesse in der Unterhaltung mit jedwedem ist raus zu finden, wo wird dieses Schamgefühl generiert ?

Das menschliche Gehirn besteht aus verschiedenen Modulen, die eng zusammen wirken, aber auch spezifische Funktionen haben. Nehmen sie dies peinigende Gefühl von Scham und Selbstverachtung, das den Vater quält, weil er der Tochter Verdachtsmomente und Dinge einflüstern wollte, die nie geschehen sind.

Der Vater beichtet : "Wo wird dieses Schamgefühl generiert ? Im anterioren Gyrus Cinguli und im Gyrus parahippocam, beide gehören zum limbischen System, einer Gehirnstruktur, die entscheidend mitverantwortlich ist, für das Entstehen von Emotionen. Und diese Struktur ist bei seiner Frau auffallend inaktiv. Darum hat er sich diese Frau auserwählt. Sie ist des Mannes Spiegelbild, und Mahnung an den Missbrauch, den er an der Tochter ausgeübt, wie eine Komplizin. Das heißt, sie kann nicht lieben, pas de chance !" Daher kann ich als sein Opfer mittlerweile den Menschen in all seinen Tiefen und Abgründen gut verstehen ! Jetzt geht es mir besser, endlich hinter das Geheimnis gekommen zu sein !

„Dieses ständige Lügen zielt nicht darauf ab, die Menschen eine Lüge glauben zu lassen, sondern darauf, dass niemand mehr etwas glaubt. Ein Volk, das nicht mehr zwischen Wahrheit und Lüge unterscheiden kann, kann nicht mehr zwischen Richtig und Falsch unterscheiden. Und ein solches Volk, das der Fähigkeit zu denken und zu urteilen beraubt ist, ist, ohne es zu wissen und zu wollen, vollständig der Herrschaft der Lüge unterworfen. Mit einem solchen Volk kann man machen, was man will." ~Hannah Arendt, (Oktober 1906 – Dezember 1975), deutsche Historikerin und Philosophin

Ich klopfe bei dir an. Ich will was wir zwei haben nicht verlieren. Liebe ist besser als alles andere. Liebe macht mir Angst. Lass mich diese Chance leben, auch wenn es dir Angst macht, wir können lernen, uns einig zu werden, unser Beisammensein zurecht knüpfen. Ich weiß, es gibt Regeln, an die auch ich mich halten will. Ich will mich deiner Zärtlichkeit und Liebe beugen.

Das Atom lag ungespalten, der Westen ungewonnen, die Bücher standen offen und die Tore ungehindert. Die Karten träumten weiter wie Mondstaub. Nichts rührte sich. Die Zukunft war ein Verb im Winterschlaf.

Ich fühle glücklich den Wind, der mich hierher blies, um die Gedanken zu klären. Ich stehe dem Glauben entgegen, nur verkrüppeltes Vertrauen zu geben, oder um den halbseidenen Rhythmus seiner Liebe zu erfüllen, der mir dennoch fremd blieb, um alles zwischen ihm und mir, nur zwischen Verrücktheit und Vernunft auszuleben.
Ich liebe meine wahren Freunde, und das tu ich seit vierzig Jahren !

Ihr habt die Zukunft in eigenen Händen !
Bequemlichkeit hat dir eines eingebracht :
Lebe selbstlos, verloren, leichtgläubig.
Himmel durch Wolken gekreuzt. Düsternis lebt ihren Lauf.
Eine Falle folgt der anderen im Arm des Vertrauens.
Kirschen und aufsteigende Feuerringe. Es ist nur Illusion !

Du wurdest geboren, mit der Fähigkeit, jemandes Leben zu verändern. Verschwende es nicht immerzu. Verändere dich nicht, die Leute werden dich mögen. Sei du selbst. So langsam ist am Ende unser Kreisen – Man kann das Auf und Ab nicht unterscheiden, Das Dauernde von der Veränderung.

Sämtliches, mit dem ich konfrontiert werde ist ein 'Echo meiner Wahrnehmung'. So baut sich Liebe vor mir auf. Sie sieht einem gern in die Augen und antwortet leicht. Sie sagt - So habe ich mich entschieden !
In jeder Verurteilung liegt die Überzeugung eigener Schuld.
Jede Situation, egal wie hart es ist, wie es im Gegensatz zu dem steht, was ich denke, wie es sein sollte sein zu lassen, das Beste draus machen. Zu große Gefühle sind widersprüchlich. Besitze kein Suchtgefühl. Du kannst betroffen sein. Keiner schuldet dir etwas. Angst oder Gott besetzen nicht denselben Platz. Die Angst dem Leben nicht gerecht zu werden oder extern einen Schuldigen zu suchen und zugleich für eigene Fehler verantwortlich zu machen, ist nicht Gottgewollt !

Frauen bei mir haften
an der falschen Stelle
reiten auf der Welle

Fühle schier die Antwort schon
wer ist erweckt ?
Wer wusste davon ?

Mein Kindsein
schafft Realität, mehr denn je
gebe ich davon zurück

Schritt über' n Regenbogen
ergriff ihn Gott
wurde er Mensch und zugleich Gott

Ein Weg geht sich nur einmal
Liebe entzogen
als handfeste Sucht

Spielen, um einen Ausweg zu finden
der inneren Spannung
in eine andere Welt gleichzeitig tauchen !

Wer rennt nicht um den Zugang zu verlieren
auf innere Wege, den Weg zu gehen
seine Kindheit !

Frau liebt es, dem Kind zu helfen
mit Rat und Leidenschaft
in der Tat, ihm bei der Geburt übrigens zu helfen

Einer, der das Gegenteil tut
um sein Überleben zu garantieren
tötet die menschliche Art seiner Familie

Die Essenz
der Fluss fließt an meiner Tür vorbei
und überflutet den Küchenboden

Die Zeit war nie für mich bestimmt
Ich werde singen, so tun, als ob
Ich bin frei

Eiskalt
es beschmiert mich von meinen Lumpen
Die Erinnerung lässt mich sprachlos

Die sogenannten anderen in ihren Köpfen
Mystik ist eine Familie
Mystiker ist intim

Zwischen Händen und tiefer Schwärze
von der Seele, die ich suche
welche Finger und Daumen mit Pin erstellen
Ich werde den Rest finden

Ich werde Partisanin
Ich wandere um mein eigenes Gepäck zu tragen
Ich erlebe die Natur als meine Mutter

Während ich einsam bin
Ich weiß, es ist die Erde, sie liebt mich
als wäre ich bei ihr

Augen trocken
ausgetrocknetes Bett allein
Waffe liegt darnieder

Vision zu folgen
alles andere geht weg
allein leben

Bäume wachsen zusammen
Alleinerziehende, um alleine zu arbeiten
Identifizieren Sie den Kern

Jagd - ob Wolf - ob Fisch - ob Frau
nicht Sport ist
aber es ist Mord

Regen kommt
sich in jemanden verlieben
so süß wie du bist

Haufen Kiesel auf der Insel
träume einen langen und hellen Weg
Wünsche jemand anderem

Gehe zum Abgrund
Wettbewerb schläft nie
Idioten zahlen kurzfristiges Geld

Winter Herbst
andere brechen durch
mein Herz danach zu leiden

Wer hat mit mir gesprochen ?
Raum hat erzählt, bis weit wichtigere Dinge

Nicht lehren oder erlauben
Schatten negative andere Geister
Ignoranz wusste nie besser

Schlimmer sind die Menschen immer gefangen
sogar im geheimen
dass Geister von ihnen wissen

Ich drehe mich um
Du, normalerweise Herr !
Der Bock ist schon so ein Bock

Massenproduktion, Qual im Elternhaus, KO in der Männerwelt

Ein Zuhause, zu dem kein Weg zurück führt
ist kein Zuhause, niemals im selben Sattel sitzen
oder vom selben Pferd fallen

Keine Wünsche mehr - Keine Liebe - Kein Hass
aber um Klarheit zu finden
und frisches Wasser, das heilt